L'homme du

Grace Livingston Hill

Writat

Cette édition parue en 2023

ISBN : 9789359253381

Publié par
Writat
email : info@writat.com

Selon les informations que nous détenons, ce livre est dans le domaine public. Ce livre est la reproduction d'un ouvrage historique important. Alpha Editions utilise la meilleure technologie pour reproduire un travail historique de la même manière qu'il a été publié pour la première fois afin de préserver son caractère original. Toute marque ou numéro vu est laissé intentionnellement pour préserver sa vraie forme.

Contenu

Je	- 1 -
PROSPECTION	- 1 -
II	- 9 -
L'HOMME	- 9 -
III	- 18 -
LE DÉSERT	- 18 -
IV	- 28 -
LA QUÊTE	- 28 -
V	- 39 -
LE SENTIER	- 39 -
VI	- 47 -
CAMP	- 47 -
VII	- 55 -
Apocalypse	- 55 -
VIII	- 62 -
RENONCIATION	- 62 -
IX	- 71 -
"POUR LE SOUVENIR"	- 71 -
X	- 78 -
SA MÈRE	- 78 -
XI	- 87 -
REFUGE	- 87 -
XII	- 95 -
QUALIFICATION AU SERVICE	- 95 -
XIII	- 105 -

L'APPEL DU DÉSERT	- 105 -
XIV	- 112 -
ACCUEIL	- 112 -
XV	- 122 -
LE CHEMIN DE CROIX	- 122 -
XVI	- 129 -
LA LETTRE	- 129 -
XVII	- 137 -
DÉVOUEMENT	- 137 -

though
PROSPECTION

C'était le matin, haut et clair comme l'Arizona compte le temps, et autour de la petite gare était rassemblée une foule de curieux ; sept Indiens, trois femmes des cabanes voisines, attirées par la vue du grand wagon particulier que l'express de nuit avait laissé sur une voie secondaire, le nombre habituel de transats, une nuée d'enfants, sans compter l'agent de gare qui était venu chercher regarder les débats.

Toute la matinée, la voiture particulière avait suscité un profond intérêt chez ceux qui vivaient à proximité, c'est-à-dire tout le monde sur le plateau ; et nombreuses et diverses avaient été les courses et les excuses pour se rendre à la gare afin que par hasard les occupants de cette voiture puissent être vus, ou avoir un aperçu de l'intérieur du palais en mouvement ; mais les rideaux de soie étaient restés tirés jusqu'à neuf heures passées.

Cependant, au cours de la dernière demi-heure, un changement s'était produit dans la voiture silencieuse et impénétrable. Les rideaux s'étaient écartés ici et là, révélant des visages sombres et flottants, une table recouverte d'une nappe enneigée et des fleurs dans un vase, des fleurs sauvages elles aussi, comme celles qui poussaient tout le long du chemin, de simples mauvaises herbes. Il est étrange que quelqu'un qui pouvait se permettre une voiture privée s'occupe de mauvaises herbes dans un verre sur sa table à manger, mais peut-être qu'il ne le savait pas.

Un gros cuisinier à la peau d'ébène et aux vêtements de lin blanc était apparu sur la plate-forme arrière, battant des œufs et moitié sifflant, moitié chantant :

"Sois mon petit bébé Bourdon—

Buzz autour, buzz autour——"

Il ne semblait nullement affecté ni gêné par les indigènes qui encerclaient peu à peu l'extrémité du wagon, et l'assistance s'agrandissait.

Ils voyaient vaguement la table où se trouvaient les passagers de la voiture – en train de dîner ? – ce ne pouvait sûrement pas être le petit-déjeuner à cette heure-là. Ils entendirent la discussion sur les chevaux, au milieu des rires et des conversations joyeuses, et ils comprirent que la voiture devait rester ici au moins pour la journée pendant que certains membres du groupe partaient en voyage à cheval. Bien entendu, cela n'avait rien de très inhabituel. De telles choses se produisaient occasionnellement dans cette région, mais pas assez souvent pour que l'on s'en désintéresse. En outre, observer les touristes qui s'arrêtaient par hasard dans leur petit village était pour eux le seul moyen d'apprendre les modes.

Non pas que tous les observateurs se soient levés pour regarder autour de la voiture. Non en effet. Ils établissaient leur quartier général autour du quai de la gare, d'où ils effectuaient des excursions brèves et complètes jusqu'à la gare de marchandises et retour, allant toujours d'un côté du wagon et revenant par l'autre. Même l'agent de la gare sentait l'importance de l'occasion et se tenait là avec toute la gêne d'un huissier lors d'un grand mariage, se considérant comme le maître de cérémonie.

" Bien sûr ! Ils sont venus de l'Est hier soir. Limited les a lâchés ! Je suis allé prospecter des miens, je pense. Ils ont commandé des chevaux et une tenue , et Shag Bunce les accompagne . Il a reçu une lettre à propos de ça . " Il y a une semaine, ils me disaient ce qu'ils voulaient de lui. Oui, je savais tout. Il m'a apporté la lettre pour la chiffrer pour lui. Vous savez que Shag n'est pas doué pour lire , s'il est le meilleur juge d'un le mien n'importe où.

Ainsi expliqua l'agent de la gare d'une voix basse et passionnante : et même les Indiens regardaient et grognaient de leur intérêt.

A onze heures, les chevaux arrivèrent, quatre sans compter celui de Shag et le reste de l'attelage. Les spectateurs considéraient Shag avec l'intérêt lugubre dû à l'entrepreneur de pompes funèbres lors d'un enterrement. Shag l'a ressenti et a agi en conséquence. Il donnait des ordres brefs et bourrus à ses hommes ; attiré l'attention sur des sangles et des boucles dont tout le monde savait qu'elles étaient aussi parfaites qu'elles pouvaient l'être ; critiqué les chevaux et ses hommes ; et tout le monde , même les chevaux, le supportait avec un calme parfait. Ils s'exhibaient tous et sentaient l'importance du moment.

Bientôt, la portière de la voiture s'ouvrit et M. Radcliffe sortit sur la plate-forme accompagné de son fils - un bel homme à l'air imprudent - de sa fille Hazel et de M. Hamar , un homme trapu aux traits lourds, aux cheveux noirs et à la moustache noire désinvolte. et de beaux yeux noirs. À l'arrière-plan se tenait une femme âgée, debout, vêtue d'une tenue sur mesure et à l'expression sévère, la sœur aînée de M. Radcliffe qui faisait le voyage avec eux et espérait rester en Californie avec son fils ; et derrière elle planait la servante de Hazel. Ces deux-là ne devaient pas faire partie du groupe de circonscription, semble-t-il.

Il y eut une agréable agitation pendant que les chevaux avançaient et que les cavaliers montaient. Les spectateurs restaient essoufflés, inconscients de quoi que ce soit, sauf de la scène qui se déroulait devant eux. Leurs yeux s'attardèrent avec un intérêt particulier sur la fille de la fête.

Miss Radcliffe était petite et gracieuse, avec une tête posée sur ses jolies épaules comme une fleur sur sa tige. Elle était d'ailleurs blonde, si blonde qu'elle éblouissait presque les yeux des hommes et des femmes habitués aux joues brunes embrassées par le soleil et le vent de la plaine. Il y avait un rose sauvage sur ses joues pour rehausser la blancheur, ce qui la rendait encore plus éblouissante. Elle avait des masses de cheveux dorés enroulés autour de sa tête délicate dans une confusion de vagues et de tresses. Elle avait de grands yeux bleus foncés rehaussés par de longs cils recourbés et des sourcils noirs délicatement dessinés qui donnaient aux yeux une douceur pensée et vous faisaient sentir quand elle vous regardait qu'elle signifiait beaucoup plus par ce regard que vous ne l'aviez au début. soupçonné. C'étaient des yeux merveilleux, magnifiques, et la petite compagnie de badauds de la gare fut immédiatement envoûtée par eux. De plus , il y avait une fantastique petite fossette sur sa joue droite qui apparaissait en même temps que l'éclat des dents nacrées lorsqu'elle souriait. Elle était certainement une image. La station avait l'air rassasiée et se réjouissait de sa jeune beauté.

Elle portait une tenue d'équitation vert foncé, la même qu'elle portait lorsqu'elle chevauchait en compagnie de son palefrenier à Central Park. Il a fait sensation parmi les spectateurs, tout comme le petit bonnet de velours vert foncé et les jolis gants d'équitation. Elle a bien assis son poney, délicatement, comme si elle était descendue brièvement, mais à leurs yeux, c'était étrange, et pas comme les femmes chevauchaient là-bas . Dans l'ensemble, la station n'a vu que la jeune fille ; tous les autres n'étaient que des accessoires du tableau.

Ils remarquèrent en effet que le jeune homme, dont les boucles dorées et les cils bleus foncés ressemblaient tellement à ceux de la jeune fille qu'il ne pouvait être autre que son frère, chevauchait à côté de l'homme plus âgé qui était vraisemblablement le père ; et que le bel et sombre étranger s'éloignait à côté de la jeune fille. Pas un seul d'entre eux ne s'en voulait. Pas une seule d'entre elles ne l'a regretté.

Puis Shag Bunce, avec un mot d'adieu à sa tenue petite mais complète qui montait derrière, mit des éperons à son cheval, leva son sombrero en hommage à la dame et tira en tête de la file, sa crinière hirsute d'où son nom venait flottant sur ses épaules. Sous le soleil d'une journée parfaite, les cavaliers sont partis, et le groupe autour de la plate-forme est resté silencieux et a regardé jusqu'à ce qu'ils soient un point au loin se brouillant avec la plaine ensoleillée et quelques frênes et peupliers.

"J'ai vu le missionnaire passer tôt ce matin ", spéculait l'agent de gare d'un ton méditatif, délibéré, comme s'il avait seulement le droit de briser le silence. "Je me demande où il a bien pu aller . Il est passé de l' autre côté du pisteur, et je l'aurais fait . Il est apparu avec une hâte turbulente . Quelqu'un est- il malade du côté du canyon ?"

"Le tas de papoose de Buck est malade!" » marmonna un Indien immobile, et il sortit de la plate-forme avec un visage impassible. Les femmes poussèrent un soupir de déception et se tournèrent pour partir. Le spectacle était terminé et ils devaient retourner à la monotonie de leur vie. Ils se demandaient ce que ce serait de partir ainsi au soleil avec des joues roses et des yeux qui ne voyaient que du plaisir devant eux. Que serait une vie pareille ? Impressionnés, spéculatifs, ils retournaient vers leurs robustes enfants et leurs maisons mal entretenues, pour s'asseoir au soleil sur le pas de la porte et réfléchir un moment.

Au soleil, Hazel Radcliffe chevauchait, bien contente du monde, d'elle-même et de son escorte.

Milton Hamar était de bonne compagnie. Il était plein d'esprit et était passé maître dans l'art délicat de la flatterie. Qu'il était fabuleusement riche et populaire dans la société new-yorkaise ; qu'il était l'ami de son père à la fois socialement et financièrement, et qu'il était depuis peu dans leur maison à cause d'une vaste entreprise minière à laquelle tous deux étaient intéressés ; et que sa femme était réputée antipathique et toujours intéressée par les autres hommes plutôt que par son mari, autant de faits qui se combinaient pour donner à Hazel un intérêt agréable, à moitié romantique, pour l'homme à ses côtés. Elle avait ressenti un sentiment de satisfaction et d'anticipation agréable lorsque son père lui avait annoncé qu'il serait de leur groupe. Son esprit et sa bravoure compenseraient la nécessité d'être accompagné de sa tante Maria. Tante Maria était toujours un frein à tout ce qui lui arrivait. Elle était la personnification de la bienséance. Elle avait essayé de faire croire à Hazel qu'elle devait rester dans la voiture et se reposer ce jour-là au lieu de se lancer à la poursuite d'une mine. Aucune femme n'a fait de telles choses, a-t-elle dit à sa nièce.

Le rire de Hazel résonnait comme les notes d'un oiseau alors que les deux descendaient lentement le sentier, sans se presser, car ils avaient largement le temps. Ils pourraient retrouver les autres sur le chemin du retour s'ils n'arrivaient pas à la mine si tôt, et la matinée était belle.

Milton Hamar pouvait apprécier les beautés de la nature de temps en temps. Il attira l'attention sur la ligne de collines au loin et sur le sommet abrupt d'une montagne perçant la lumière du soleil. Puis il dirigea habilement son discours vers sa compagne et lui montra combien elle était plus belle que le matin.

Il s'était livré à des flatteries si délicates depuis leur départ de New York, chaque fois que l'infatigable tante les laissait seuls assez longtemps, mais ce matin, il y avait une note de quelque chose de plus proche et de plus intime dans ses paroles ; une chaleur de tendresse qui impliquait une joie indescriptible face à sa beauté, telle qu'il n'avait jamais osé l'utiliser auparavant. Cela flattait délicieusement son orgueil. C'était beau d'être jeune et charmant et de voir un homme dire de telles choses avec un regard pareil, des yeux qui avaient souffert et qui faisaient appel à la pitié. Avec son cœur jeune et innocent, elle avait pitié et était heureuse de pouvoir apaiser sa tristesse un moment.

Avec une habileté consommée, l'homme l'a amenée à parler de lui-même, de ses espoirs dans la jeunesse, de ses déceptions, de son amère tristesse, de la solitude de son cœur. Il lui demanda soudain de l'appeler Milton, et la jeune fille aux joues roses et aux yeux rosés déclara timidement qu'elle ne le pourrait jamais, cela semblerait si bizarre, mais elle finit par faire un compromis après avoir insisté longuement auprès de « Cousin Milton ».

"Ça fera l'affaire pendant un moment", succomba-t-il en souriant en la regardant avec des yeux impatients. Puis, avec un ton de plus en plus intime, il posa une main sur celle qui tenait la bride, et les chevaux ralentirent tous deux leur allure, bien qu'ils aient été loin derrière le reste du groupe depuis plus d'une heure maintenant.

« Écoute, petite fille, dit-il, je vais t'ouvrir mon cœur. Je vais te confier un secret.

Hazel resta assise très immobile, à moitié alarmée par son ton, n'osant pas retirer sa main, car elle sentait que l'occasion était capitale et qu'elle devait être prête à exprimer sa sympathie comme le serait n'importe quel véritable ami. Son cœur se gonfla de fierté à l'idée que c'était vers elle qu'il s'était adressé pour ses ennuis. Puis elle leva les yeux vers le visage qui était penché sur le sien, et elle vit dans ses yeux le triomphe, et non le problème. Même alors, elle ne comprenait pas.

"Qu'est-ce que c'est?" » demanda-t-elle avec confiance.

"Cher enfant !" dit l'homme du monde d'une manière impressionnante, "Je savais que cela vous intéresserait. Eh bien, je vais vous le dire. Je vous ai parlé de mon chagrin, maintenant je vais vous parler de ma joie. C'est ceci : Quand je reviendrai à New York Je serai un homme libre. Tout est enfin terminé. J'ai obtenu le divorce d'avec Ellen, et il ne reste que quelques détails techniques à régler. Ensuite, nous serons libres de suivre notre chemin et de faire ce que nous voulons.

"Un divorce!" haleta Hazel consternée. "Pas toi, divorcé !"

"Oui", affirma gaiement l'homme heureux, "je savais que tu serais surprise. C'est presque trop beau pour être vrai, n'est-ce pas, après toute ma peine à obtenir le consentement d'Ellen ?"

"Mais elle, votre femme, où ira-t-elle ? Que fera-t-elle ?" Hazel le regarda avec des yeux troublés, à moitié déconcerté par cette pensée.

Elle ne se rendit pas compte que les chevaux s'étaient arrêtés et qu'il lui tenait toujours la main qui tenait la bride.

"Oh, Ellen sera mariée immédiatement", répondit-il avec désinvolture. "C'est pour ça qu'elle a finalement accepté. Elle va épouser Walling Stacy, tu sais, et comme elle est têtue à ce sujet, elle est très pressée de prendre des dispositions pour arranger les choses maintenant."

"Elle va se marier !" haleta Hazel comme si elle n'avait pas souvent entendu parler de telles choses. D'une manière ou d'une autre, cela n'avait jamais été aussi proche de sa liste d'amitiés auparavant et cela la choqua inexprimablement.

"Oui, elle va se marier tout de suite, donc tu vois qu'il n'est plus nécessaire de penser à elle. Mais pourquoi ne me demandes-tu pas ce que je vais faire ?"

"Oh oui!" dit Hazel se rappelant immédiatement son manque de sympathie. "Vous m'avez tellement surpris. Qu'allez-vous faire ? Pauvre homme, que pouvez-vous faire ? Oh, je suis vraiment désolé pour vous !" et les yeux de pensée se remplirent de larmes.

"Pas besoin d'avoir pitié de moi, petite," dit la voix exultante, et il la regarda maintenant avec une expression qu'elle n'avait jamais vue sur son visage auparavant. "Je serai heureux comme je n'en ai jamais rêvé auparavant", a-t-il déclaré. "Moi aussi, je vais me marier. Je vais épouser quelqu'un qui m'aime de tout son cœur, j'en suis sûr, même si elle ne me l'a jamais dit. Je vais t'épouser, petite chérie!" Il se baissa brusquement avant qu'elle puisse comprendre le sens de ses paroles, et passant son bras libre autour d'elle, il pressa ses lèvres sur les siennes.

Avec un cri sauvage, comme celui d'une créature terrifiée, Hazel essaya de s'éloigner, et se trouvant retenue, sa colère rapide monta et elle leva la main qui tenait le fouet et frappa aveuglément l'air autour d'elle ; ses yeux fermés, son cœur gonflé d'horreur et de peur. Une grande répulsion pour l'homme qu'elle avait jusqu'alors considéré avec un profond respect l'envahit. S'éloigner de lui immédiatement était son plus grand désir. Elle frappa à nouveau avec son fouet, aveuglément, ne voyant pas ce qu'elle frappait, presque hors d'elle de colère et de peur.

de Hamar se cabra et plongea, renversant presque son cavalier, et alors qu'il luttait pour rester assis, ayant nécessairement libéré la jeune fille de son étreinte, le deuxième coup de fouet le frappa aux yeux, le faisant crier de douleur. . Le cheval se cabra de nouveau et l'envoya s'étaler sur le sol, les mains sur le visage, les sens vides de douleur pour le moment.

Hazel, sachant seulement qu'elle était libre, suivit un instinct de peur et frappa son propre poney sur le flanc, faisant tourner brusquement la petite bête à angle droit avec la piste qu'il suivait et s'élançant comme une traînée à travers le plateau plat. Dès lors, la jeune fille fit tout ce qu'elle pouvait pour conserver sa place.

Elle avait l'habitude de profiter d'une course dans le parc avec son palefrenier à distance de sécurité derrière elle. Elle était fière de sa capacité à monter à cheval et pouvait franchir les obstacles aussi bien que son jeune frère ; mais une course comme celle-ci à travers un espace illimité, sur une créature aussi rapide que le vent, poussé par la peur et connaissant les limites de son cavalier, était une autre affaire. Le vol rapide lui coupa le souffle et la déstabilisa. Elle essayait de s'accrocher à la selle avec ses mains tremblantes, car la bride volait déjà au gré de la brise, mais sa prise semblait si légère qu'à chaque instant elle s'attendait à se retrouver blottie dans la plaine avec le poney au loin. .

Ses lèvres devinrent blanches et froides ; sa respiration était courte et douloureuse ; ses yeux étaient fatigués d'essayer de regarder devant l'horizon qui s'éloignait constamment. N'y avait-il pas de fin ? Ne viendraient-ils jamais dans une habitation humaine ? Personne ne viendrait-il jamais à son secours ? Combien de temps un poney peut-il supporter une telle allure ? Et combien de temps pourrait-elle espérer retenir la furieuse créature volante ?

Sur la droite, elle crut enfin apercevoir un bâtiment. Il leur semblait que cela faisait des heures qu'ils volaient dans l'espace. En une seconde, ils en furent proches. C'était une cabane, isolée dans la grande plaine, avec des parcelles d'armoises autour de la porte et une jolie clôture en rail tout autour.

Elle pouvait voir une fenêtre au fond et une petite cheminée au fond. Se pourrait-il que quelqu'un ait vécu dans un endroit aussi désert ?

Rassemblant toutes ses forces alors qu'ils approchaient de l'endroit, elle lança sa voix dans un appel sauvage tandis que le poney se précipitait, mais le vent attrapa le faible effort et le projeta dans les vastes espaces comme un petit fragment de son déchiré et sans valeur.

Les larmes coulaient dans ses grands yeux secs. La dernière épingle à cheveux quitta son amarrage et glissa sur terre. Les cheveux dorés dénoués flottaient en arrière dans le vent comme des mains désespérées cherchant désespérément de l'aide, et le joyeux bonnet vert fut arraché par la brise et accroché à un buisson de sauge à moins de cinquante pieds de la porte de la cabine, mais le poney se précipita avec la jeune fille effrayée, toujours accrochée à la selle.

II
L'HOMME

Vers midi le même jour, le missionnaire arrêta son cheval au bord d'une grande mesa au sommet plat et regarda au loin les montagnes d'un bleu clair.

John Brownleigh était en Arizona depuis près de trois ans, et pourtant les merveilles du désert n'avaient cessé de le charmer, et maintenant qu'il arrêtait son cheval pour se reposer, ses yeux cherchaient les vastes distances qui s'étendaient dans toutes les directions et se délectaient de la splendeur. de la scène.

Les montagnes qu'il regardait étaient à plus de cent milles de lui, et pourtant elles se détachaient clairement et distinctement dans l'air merveilleux et ne semblaient qu'à un court voyage.

Au-dessous de lui se trouvaient des corniches rocheuses merveilleusement les couleurs , jaune et gris, pourpre et vert s'empilaient les unes sur les autres, avec l'étrange lumière du soleil de midi jouant sur elles et transformant leurs couleurs en un éclat de gloire. Au-delà s'étendait une étendue de sable, brisée çà et là par des armoises, des bois gras ou des cactus dressant grotesquement leurs épines épineuses.

Sur la gauche se trouvaient des falaises teintées de rose et un peu plus loin des buttes sombres en forme de cône. D'un autre côté, de basses collines brunes et blanches s'étendaient jusqu'à la magnifique forêt pétrifiée, où de grandes étendues de troncs d'arbres tombés et de copeaux gisaient enfermés dans la pierre scintillante.

Au sud, il apercevait le point d'eau familier et, plus loin, l'entrée du canyon, bordé de cèdres et de pins. La grandeur de la scène l'impressionna de nouveau.

"Belle, belle !" murmura-t-il, "et quel grand Dieu qu'il en soit ainsi !" Puis une ombre de tristesse passa sur son visage, et il reprit la parole à voix haute, comme c'était devenu son habitude dans cette immense solitude.

"Je suppose que ça vaut le coup", a-t-il dit, "ça vaut tous les jours solitaires, les mois décourageants et les déceptions, juste pour être seul avec un père merveilleux comme le mien!"

Il revenait tout juste d'un voyage de trois jours en compagnie d'un autre missionnaire dont la station était à deux jours de cheval du sien, et dont la joyeuse petite maison était présidée par une femme au visage doux, venue récemment d'Orient en partager sa fortune. Le délicieux dîner préparé pour son mari et ses invités, l'air confortable de la cabane de trois pièces, les délicatesses qui montraient une main de femme, avaient rempli Brownleigh d'une noble envie. Ce n'est que lors de cette visite qu'il s'est rendu compte à quel point il vivait seul.

Il était bien sûr occupé du matin au soir, et son enthousiasme pour son travail était encore plus grand que lorsque, près de trois ans auparavant, il avait été envoyé par le Conseil pour répondre aux besoins des Indiens. Il avait des amis par dizaines. Partout où un homme ou un commerçant blanc vivait dans la région, il était toujours le bienvenu ; et les Indiens connaissaient et aimaient sa venue. Il était venu par là maintenant pour rendre visite à un hogan indien où l'ombre de la mort planait sur une petite jeune fille indienne bien-aimée de son père. Le chemin avait été long et le missionnaire était fatigué des nombreuses journées passées en selle, mais il était content d'être venu. La petite servante avait souri en le voyant et sentait que la sombre vallée de la mort lui paraissait désormais davantage comme l'un de ses propres canyons éclairés par des fleurs qui menaient à un jour plus lumineux et plus large, depuis qu'elle avait entendu le message de vie qu'il avait reçu. l'a amenée.

Mais tandis qu'il regardait au loin le long chemin parcouru et qu'il pensait à la petite maison lumineuse où il avait dîné la veille, la tristesse restait encore sur son visage.

" Ce serait bien d'avoir quelqu'un comme ça, " dit-il à nouveau à voix haute, " quelqu'un qui s'attend à moi et soit heureux, — mais ensuite " - pensivement - " Je suppose qu'il n'y a pas beaucoup de filles qui sont prêtes à abandonner leur maisons et sortir pour vivre la vie dure comme elle l'a fait. C'est une vie dure pour une femme, pour ce genre de femme ! Une pause, puis : "Et je n'en voudrais pas d'autre !"

Ses yeux s'écarquillèrent de mélancolie. Ce n'était pas souvent ainsi que le joyeux missionnaire s'arrêtait pour réfléchir à son propre sort dans la vie. Son cœur était dans son travail et il pouvait se consacrer à n'importe quoi. Il y avait toujours beaucoup à faire. Pourtant, aujourd'hui, pour une raison inexplicable, pour la première fois depuis qu'il s'était réellement lancé dans le travail et avait surmonté son premier mal du pays, il avait soif de compagnie. Il avait vu une lumière dans les yeux de son compagnon missionnaire qui parlait avec éloquence du réconfort et de la joie qui lui avaient manqué et cela a profondément touché son cœur. Il s'était arrêté ici, sur cette mesa, avec le vaste panorama du désert s'étalant devant lui, pour se disputer avec lui-même.

Le cheval respirait paisiblement, baissant la tête et fermant les yeux pour profiter au maximum du bref répit, et l'homme restait assis à réfléchir, essayant de remplir son âme de la beauté de la scène et d'évincer les désirs qui l'avaient envahi. Soudain, il releva la tête avec un léger mouvement vers le haut et dit avec révérence :

"Oh, mon Dieu, tu savais ce qu'était cette solitude ! Tu étais seul aussi ! C'est le chemin que tu as suivi, et je marcherai avec toi ! Ce sera bien."

Il resta assis un moment, le visage levé vers le vaste ciel, ses traits fins et forts touchés d'une lumière tendre, leur tristesse se changeant en paix. Puis, avec l'ancienne luminosité joyeuse revenant sur son visage, il retourna à la terre et à ses devoirs.

"Billy, il est temps que nous partions", fit-il remarquer à son cheval d'un ton amical. "Voyez-vous ce soleil dans le ciel ? Il arrivera avant nous si nous ne faisons pas attention, et nous devons nous rendre au fort ce soir si nous pouvons y arriver. Nous avons eu trop de vacances, c'est à peu près la taille de celui-ci, et nous sommes gâtés ! Nous sommes paresseux, Billy ! Il va falloir se mettre au travail. Et maintenant, qu'en est-il ? Pouvons-nous arriver à ce point d'eau dans une demi-heure ? Essayons pour cela, mon vieux, et ensuite nous prendrons un bon verre et une bouchée à manger, et peut-être dix minutes pour faire une sieste avant de reprendre le court sentier pour rentrer chez nous. Il reste un peu de côtelette de maïs pour toi, Billy, alors dépêche-toi, mon vieux, et va-y. »

Billy, avec un reniflement de réponse, répondit aux paroles de son maître et se fraya un chemin avec précaution à travers les rochers et les rochers jusqu'à la vallée en contrebas.

Mais à moins d'un demi-mile du point d'eau, le jeune homme arrêta brusquement son cheval et sauta de la selle, se baissant dans le sable à côté d'un grand yucca pour ramasser quelque chose qui brillait comme du feu au soleil. Dans tout ce paysage brillant et lumineux, un peu de luminosité avait attiré son attention et s'était imposée avec insistance à son attention comme méritant d'être étudiée. Il y avait quelque chose dans la lumière vive qu'il projetait qui parlait d'un autre monde que le désert. John Brownleigh ne pouvait pas l'ignorer. Ce n'était peut-être qu'un morceau de verre brisé provenant d'un flacon vide jeté négligemment de côté, mais cela ne ressemblait pas à cela. Il faut qu'il voie.

Je me demandais s'il s'était penché et l'avait ramassé, un peu d'or brillant sur le manche d'un beau fouet d'équitation. Ce n'était pas le fouet que portaient les gens de cette région ; c'était délicat, coûteux, élégant, un fouet de dame ! Il parlait d'un monde de richesse et d'attention portée aux détails coûteux, aussi éloigné que possible de cette scène. Brownleigh resta immobile, émerveillé et retourna le joli bibelot dans sa main. Comment ce fouet a-t-il pu se retrouver dans un bouquet d'armoises dans le désert ? Des bijoux aussi, et cela a dû donner le dernier point de lumière à la flamme qui l'a fait s'arrêter net dans le sable pour la ramasser. C'était une seule pierre claire, d'un jaune transparent, probablement une topaze, pensa-t-il, mais merveilleusement vivante de lumière, sertie au bout du manche, et en regardant attentivement, il vit un beau monogramme gravé sur le côté, et distingua les lettres HR. Mais cela ne lui disait rien.

Les sourcils froncés, il réfléchissait, un pied à l'étrier, l'autre toujours sur le désert, regardant l'élégant jouet. Maintenant, qui, *qui* serait assez stupide pour amener une chose pareille dans le désert ? Il ne connaissait aucune cavalière à sa connaissance, à l'exception de la sœur du major au poste militaire, et elle était très claire dans tous ses rendez-vous. Cet instrument frivole d'équitation n'a jamais appartenu à la sœur du major. Les touristes venaient rarement par là. Qu'est-ce que cela signifiait ?

Il sauta en selle et, se protégeant les yeux avec sa main, scruta la plaine, mais seul le miroitement chaud de la terre chauffée par le soleil apparut. Rien de vivant n'était visible. Que devrait-il faire à ce sujet ? Y avait-il un moyen de retrouver le propriétaire et de restituer les biens perdus ?

Réfléchissant ainsi, les yeux partagés entre la distance et le manche scintillant du fouet, ils arrivèrent au point d'eau ; et Brownleigh descendit de cheval, ses pensées toujours tournées vers le petit fouet.

"C'est très étrange, Billy. Je n'arrive pas à élaborer une théorie qui me convienne," réfléchit-il à voix haute. " Si quelqu'un a parcouru ce chemin et l'a perdu, peut-être reviendra-t-il pour le chercher ? Pourtant, si je le laisse là où je l'ai trouvé, le sable pourrait dériver dessus à tout moment. Et sûrement, dans ce pays peu peuplé. , je pourrai au moins entendre parler d'étrangers qui auraient pu transporter une petite chose aussi stupide. Et puis aussi, si je la laisse là où je l'ai trouvée, quelqu'un pourrait la voler. Eh bien, je suppose que nous la prendrons avec nous, Billy ; nous entendrons parler du propriétaire quelque part sans aucun doute.

Le cheval répondit avec un grognement de satisfaction alors qu'il soulevait son museau humide du bord de l'eau et regardait autour de lui avec contentement.

Le missionnaire détacha sa selle et la jeta par terre, détachant le sac de « côtelettes de maïs » et l'étalant commodément devant son muet compagnon. Puis il se mit à ramasser quelques bâtons à portée de main et alluma un petit incendie. En quelques minutes, l'eau bouillonnait joyeusement dans sa petite tasse en fer-blanc pliable pour une tasse de thé, et un morceau de bacon était en train de frire dans une petite poêle à côté. Du pain de maïs, du thé et du sucre sortaient des grandes poches de la selle. Billy et son missionnaire préparèrent un bon repas sous le grand calme lumineux du ciel.

Une fois la côtelette de maïs terminée, Billy laissa ses longs cils tomber de plus en plus bas et son nez descendre et descendre jusqu'à ce qu'il touche presque le sol, rêvant de plus de côtelette de maïs et heureux d'avoir pourvu à ses besoins. Mais son maître, étendu de tout son long sur le sol, le chapeau tiré sur les yeux, ne pouvait s'endormir une seule seconde. Ses pensées étaient tournées vers le fouet orné de pierres précieuses et, peu à peu, il tendit la main vers lui et, repoussant son chapeau, il resta à regarder le scintillement des lumières dans le cœur précieux de la topaze, tandis que le soleil capturait et enchevêtrait ses rayons dans la lumière vive. facettes de la coupe. Il se demandait comment le fouet était apparu dans le désert et ce que cela signifiait. On lit la vie par les détails dans ce pays vaste et solitaire. Ce fouet pourrait signifier quelque chose. Mais quoi?

Finalement, il baissa la main et, se redressant, levant les yeux, il dit à voix haute :

"Père, s'il y a une raison pour laquelle je devrais chercher le propriétaire, guide-moi."

Il parlait comme si Celui à qui il s'adressait était toujours présent dans sa conscience, et ils étaient dans la plus grande intimité.

Il se leva alors et commença à rassembler les choses, comme si le fardeau de la responsabilité incombait à quelqu'un pleinement capable de le porter.

Ils repartirent bientôt, Billy se balançant avec la pleine réalisation de la proximité de la maison.

Le chemin menait maintenant vers des lignes bleues et brumeuses de mesas avec des rochers et des crêtes ici et là. De l'autre côté de la vallée, ressemblant à l'ombre d'un nuage, à des kilomètres de distance, s'étendait une longue traînée noire, la ligne de la gorge du canyon. Sa faible présence semblait grandir dans la pensée du missionnaire à mesure qu'il s'approchait. Il n'était pas allé dans ce canyon depuis plus d'un mois. Il y avait quelques Indiens dispersés qui vivaient avec leurs familles ici et là dans des coins où il y avait un peu de terre. Leur pensée l'attirait maintenant. Il doit s'efforcer d'aller les rejoindre bientôt. Si Billy n'était pas allé si loin , il y monterait cet après-midi. Mais le cheval avait besoin de repos si l'homme ne le faisait pas, et il n'y avait bien sûr pas vraiment d'urgence à ce sujet. Il s'en irait peut-être dans la matinée. En attendant, il serait bon de retourner au coin de son feu et de s'occuper de quelques lettres à écrire. Il fut invité au fort ce soir-là pour le dîner. Il devait y avoir une sorte de batifolage, des visiteurs venus de l'Est. Il avait dit qu'il viendrait s'il arrivait chez lui à temps. Il le ferait probablement, mais l'idée n'était pas attrayante pour le moment. Il préfère se reposer, lire et se coucher tôt. Mais alors, bien sûr, il partirait. De telles occasions n'étaient pas très fréquentes dans ce pays solitaire, bien que, dans son humeur actuelle, les activités gaies du fort ne l'attiraient pas beaucoup ; en plus, cela signifiait un trajet de dix milles plus loin. Mais bien sûr, il irait. Il se remit à réfléchir au fouet et, le moment venu, il arriva chez lui, une petite cabane d'une seule pièce avec une cheminée à l'arrière et quatre grandes fenêtres. À l'extrémité de l'enceinte clôturée autour de la structure se trouvait un petit hangar pour Billy, et tout autour s'étendait la vaste plaine parsemée de buissons et de mauvaises herbes, avec son panorama de montagnes et de collines, de vallées et de gorges. C'était beau, mais c'était désolé. There étaient voisins , quelques-uns, mais ils vivaient à des distances magnifiques.

"Nous devrions avoir un chien, Billy ! Pourquoi ne pas prendre un chien pour nous accueillir à la maison ?" dit Brownleigh en frappant affectueusement l'encolure du cheval alors qu'il sautait de la selle ; " mais alors un chien nous accompagnerait, n'est-ce pas, donc nous serions trois à rentrer à la maison au lieu de deux, et ça ne serverait à rien. Des poules ? Qu'est-ce que ça ferait ? Mais les coyotes Je les volerais. Je suppose que nous devrons nous entendre, mon vieux.

Le cheval, débarrassé de sa selle, eut un mouvement de réconfort comme un homme peut s'étirer après un pénible voyage, et trottina dans son hangar. Brownleigh l'a mis à l'aise et s'est tourné vers la maison.

Alors qu'il marchait le long de la clôture , il aperçut un petit objet sombre accroché à un buisson de sauge, à une courte distance de la façade de sa maison. Il sembla bouger légèrement, et il s'arrêta et l'observa une seconde, pensant qu'il pourrait s'agir d'un animal pris dans la brousse ou en train de se cacher. Il sembla bouger à nouveau comme le feraient souvent les objets observés attentivement, et Brownleigh , sautant par-dessus la clôture ferroviaire , partit enquêter. Rien dans ce pays n'était laissé à l'incertitude. Les hommes aimaient savoir ce qui les concernait.

Cependant, à mesure qu'il s'approchait du buisson, l'objet prit une forme et une couleur tangibles , et en s'approchant, il le ramassa et le retourna maladroitement dans sa main. Une petite casquette d'équitation en velours, sans doute pour dame, avec le nom d'un célèbre costumier new-yorkais gravé en lettres de soie dans la doublure. Oui, il ne faisait aucun doute qu'il s'agissait d'un bonnet de dame, car de longs cheveux dorés et brillants, avec une tendance incontestable à se friser, s'accrochaient toujours au velours. Un embarras soudain l'envahit, comme s'il avait manipulé de manière trop intime les biens d'autrui, sans le savoir. Il leva les yeux et les protégea de sa main pour regarder à travers le paysage, si par hasard le propriétaire était à portée de main, même si, ce faisant, il éprouvait la conviction que le petit bonnet de velours appartenait au propriétaire du fouet qu'il portait toujours. tenu dans son autre main. RH Où étaient les RH et qui pouvait-elle être ?

Pendant quelques minutes, il réfléchit, repérant l'endroit exact dans sa mémoire où il avait trouvé le fouet. Il ne s'agissait d'aucun sentier régulier. C'était étrange. Il se baissa pour voir s'il y avait d'autres traces de passants, mais la légère brise avait doucement caché toutes les marques précises. Il fut cependant convaincu, après avoir examiné le terrain à une certaine distance dans un sens ou dans l'autre, qu'il ne pouvait y avoir qu'un seul cheval. Il était sage dans l'histoire du sentier. Par certaines petites choses qu'il a vues ou qu'il n'a pas vues, il est arrivé à cette conclusion.

Au moment où il se retournait pour regagner sa cabane, il s'arrêta de nouveau avec une exclamation d'étonnement, car tout près de ses pieds, à moitié caché sous un morceau de sauge, gisait un petit peigne en coquillage. Il se baissa et le ramassa en triomphe.

"Je le déclare, j'ai toute une collection", dit-il à voix haute. « Y en a-t-il d'autres ? Grâce à ces preuves, je pourrai peut-être la retrouver après tout. Et il partit dans un but précis et chercha plusieurs tiges devant lui, puis revenant et prenant une direction légèrement différente, il chercha encore et encore, regardant en arrière à chaque fois pour se repérer dans la direction où il avait trouvé le fouet. , arguant que le cheval a probablement dû suivre une ligne assez droite et avancer à un rythme rapide.

Il fut finalement récompensé en trouvant deux épingles à cheveux en coquillage, et à proximité d'elles une seule empreinte de sabot, qui, abritée par une épaisse pousse de sauge, avait échappé à l'effacement du vent. Il s'agenouilla et étudia attentivement, prenant en compte tous les détails de taille, de forme et de direction ; puis, ne trouvant plus d'épingles à cheveux ni de peignes, il mit soigneusement son butin dans sa poche et retourna précipitamment à la cabine, le front plissé par une profonde réflexion.

"Père, est-ce que c'est Toi qui diriges ?" Il s'arrêta devant la porte et leva les yeux. Il ouvrit la porte et entra. Le calme des lieux l'appelait à rester.

Il y avait la grande cheminée avec un feu préparé pour le contact d'une allumette qui apporterait l'agréable flamme pour dissiper la solitude du lieu. Il y avait le fauteuil, son seul luxe, avec ses coussins de cuir et son dossier inclinable ; ses pantoufles par terre à proximité ; la petite table avec sa lampe d'étudiant bien garnie, son journal universitaire et le seul magazine qui le tenait en contact avec le monde fraîchement arrivé avant son départ pour son récent voyage, et toujours non ouvert. Comme ils l'appelaient ! Pourtant, quand il posa le fouet sur le chargeur, le rayon de soleil oblique qui entra par la porte captura la gloire de la topaze et la fit scintiller, et d'une manière ou d'une autre, le chargeur perdit son pouvoir de le retenir.

Un à un, il déposa ses trophées à côté du fouet ; le bonnet de velours, les épingles à cheveux et le petit peigne, puis il recula, surpris par l'émerveillement, et regarda autour de lui.

C'était un endroit agréable, bien plus beau que son extérieur taché par les intempéries ne le laisserait supposer. Une couverture Navajo était accrochée à un mur au-dessus du lit, et une autre enveloppait et recouvrait complètement le lit lui-même, créant une tache de couleur dans la pièce et donnant un air de luxe. Deux tapis pittoresques de fabrication indienne posés sur le sol, l'un devant le lit, l'autre devant la cheminée où l'on reposait les pieds lorsqu'on était assis dans la grande chaise, contribuaient beaucoup à cacher les différences du laid sol. Un ensemble d'étagères rudimentaires près de la cheminée, accessibles depuis le fauteuil, étaient remplies de trésors de grands esprits, des livres qu'il aimait tant, de tout ce qu'il pouvait se permettre d'emporter avec lui, de quelques commentaires, pas beaucoup, d'une encyclopédie. , une petite biographie, quelques classiques, de la botanique, de la biologie, de l'astronomie et une Bible bien usée . Sur le mur au-dessus se trouvait un grand catalogue de mots indiens sur fiches ; et autour de la pièce se trouvaient certains de ses propres dessins au crayon de plantes et d'animaux.

À l'opposé du lit, à l'extrémité de la pièce, se trouvait une table recouverte de toile cirée blanche ; et sur le mur derrière, l'armoire qui contenait sa vaisselle et son stock de provisions. C'était un endroit agréable et bien ordonné, car il n'aimait jamais quitter ses quartiers en désordre, de peur que quelqu'un n'entre pendant son absence ou ne revienne avec lui. D'ailleurs, c'était plus agréable donc d'y revenir. Un placard rudimentaire et de bonnes proportions contenait ses vêtements, sa malle et tout autre magasin.

Il se levait et regardait autour de lui de temps en temps, puis laissait ses yeux revenir vers ces petits objets féminins sur la petite table à côté de lui. Cela lui procura une étrange sensation. Et s'ils y appartenaient ? Et si leur propriétaire vivait là-bas et venait dans une minute maintenant pour le rencontrer ? À quoi cela ressemblerait-il ? Comment serait-elle ? Un instant, il se laissa rêver et, tendant la main, toucha le velours du bonnet, puis le prit dans sa main et lissa sa surface soyeuse. Un léger parfum d'un autre monde semblait s'échapper de sa texture et s'attarder sur ses mains. Il poussa un soupir d'émerveillement et le déposa ; puis, en sursaut, il revint à lui-même. Supposons qu'elle soit à sa place, qu'elle soit quelque part et qu'il ne sache pas où ? Supposons qu'il lui soit arrivé quelque chose – le cheval s'est enfui, l'a peut-être jetée quelque part – ou bien elle s'est éloignée d'un camp et s'est égarée – ou a été effrayée ?

Ce n'étaient peut-être que des fantasmes insensés d'un cerveau fatigué, mais l'homme savait qu'il ne pourrait pas se reposer tant qu'il n'aurait pas au moins tenté de le découvrir. Il s'assit un moment dans le grand fauteuil pour réfléchir et ferma les yeux, faisant des plans rapides.

Billy doit avoir une chance de se reposer un peu ; un cheval fatigué ne pourrait pas accomplir grand-chose si le voyage était long et s'il fallait se dépêcher. Il ne pouvait pas encore y aller avant une heure. Et il y aurait des préparatifs à faire. Il doit remballer les sacoches avec de la nourriture pour Billy, de la nourriture pour lui-même et un éventuel étranger, des reconstituants et un ou deux remèdes simples en cas d'accident. C'étaient des articles qu'il emportait toujours avec lui lors de longs voyages. Il envisagea de prendre sa tente de camping, mais cela impliquerait le chariot, et ils ne pouvaient pas aller si vite avec ça. Il ne devait pas charger lourdement Billy, après les kilomètres déjà parcourus. Mais il pouvait emporter un bout de toile attaché à la selle et une petite couverture. Bien sûr , ce n'était peut-être qu'une chasse à l'oie sauvage après tout – mais il ne pouvait pas laisser son impression passer inaperçue.

Et puis il y avait le fort. Au cas où il retrouverait la dame et restaurerait sa propriété à temps, il pourrait peut-être atteindre le fort dans la soirée. Il doit également en tenir compte.

Avec empressement, il se leva et commença ses préparatifs, ayant bientôt son petit bagage en ordre. Ses propres toilettes sont venues ensuite. Un bain et des vêtements frais ; puis, rasé de près et prêt, tout sauf son manteau, il se jeta sur son lit pour dix minutes de détente absolue, après quoi il se sentit tout à fait apte à l'expédition. Se levant d'un bond, il enfila un manteau et un chapeau, ramassa avec respect les morceaux d'objets qu'il avait trouvés, ferma sa cabine à clé et sortit vers Billy, un morceau de sucre à la main.

"Billy, mon vieux, nous avons reçu l'ordre de marcher à nouveau", dit-il en s'excusant, et Billy répondit avec un hennissement de plaisir, se soumettant à la selle comme s'il était tout à fait prêt à tout ce qu'on lui demandait.

"Maintenant, Père," dit le missionnaire en levant les yeux, "montre-nous le chemin."

Ainsi, prenant la direction de l'empreinte du sabot dans le sable, Billy et son maître s'éloignèrent une fois de plus dans la lumière occidentale du désert en direction de la longue entrée ombragée du canyon.

III
LE DÉSERT

Hazel, alors qu'elle était portée, ses beaux cheveux flottant au vent et la fouettant de temps en temps sur le visage et les yeux, la respiration pénible, les yeux brûlants, les doigts douloureux dans la prise semblable à un étau qu'elle était obligée de maintenir sur la selle. , commença à se demander combien de temps elle pourrait tenir. Il lui semblait que ce n'était qu'une question de minutes avant qu'elle ne lâche prise et soit entraînée dans l'espace pendant que le coursier tumultueux s'éloignait d'elle.

Rien de tel que ce mouvement ne lui était jamais venu à l'esprit auparavant. Elle s'était enfuie une fois, mais c'était comme le berceau de cette tornade de mouvement. Elle avait déjà eu peur auparavant, mais jamais comme ça. Le sang battait dans sa tête et dans ses yeux jusqu'à ce qu'il semble qu'il allait éclater, et de temps en temps, son afflux par les oreilles donnait la sensation d'une noyade, et pourtant elle continuait sans arrêt. C'était horrible de n'avoir pas de bride, et rien à dire sur l'endroit où elle devait aller, aucune chance de contrôler son cheval. C'était comme être dans un train express avec le mécanicien mort dans sa cabine et aucun moyen de freiner. Ils doivent s'arrêter un moment et ensuite ? La mort semblait inévitable, et pourtant, tandis que la course folle se poursuivait, elle aurait presque souhaité que cela vienne mettre fin à l'horreur de cette chevauchée.

Il lui fallut des heures avant qu'elle ne commence à se rendre compte que le cheval n'allait plus à une vitesse aussi vertigineuse, ou bien qu'elle s'habituait au mouvement et reprenait son souffle, elle ne pouvait pas vraiment être sûre de quoi. Mais peu à peu elle s'aperçut que le vol fou s'était installé dans une longue galop. Le poney n'avait évidemment pas l'intention de s'arrêter et il était clair qu'il avait en tête un endroit précis vers lequel il se dirigeait avec autant de détermination et d'aussi droit qu'aucun être humain n'avait jamais tracé une route et n'y avait jamais avancé. Il y avait quelque chose dans toute sa silhouette bestiale qui montrait qu'il était parfaitement inutile d'essayer de l'en dissuader ou de le détourner.

Quand sa respiration devint moins douloureuse, Hazel fit une petite tentative intermittente pour lui laisser tomber un mot de raison dans l'oreille.

"Joli poney, gentil, bon poney——!" » elle l'apaisa, mais le vent capta sa voix et la repoussa comme il avait jeté son bonnet quelques instants auparavant, et le poney se contenta de rabattre ses oreilles et de s'enfuir tranquillement.

Elle rassembla à nouveau ses forces.

"Joli poney ! Whoa, monsieur !" » cria-t-elle, un peu plus fort que la dernière fois et essayant de rendre sa voix ferme et autoritaire.

Mais le poney n'avait pas l'intention de "hurler ", et même si elle répétait l'ordre plusieurs fois, sa voix devenant à chaque fois plus ferme et normale , il lui montra seulement le blanc de ses yeux et continua obstinément son chemin.

Elle a vu que c'était inutile ; et les larmes, généralement sous contrôle, coulaient sur ses joues blanches.

"Poney, bon cheval, *cher* poney, tu ne veux pas t'arrêter !" cria-t-elle et ses paroles se terminèrent par un sanglot. Mais le poney continuait toujours.

Le désert s'enfuyait autour d'elle, mais ne semblait pas se raccourcir devant elle, et la ligne sombre du mystère des nuages, avec les imposantes montagnes au-delà, n'était pas plus proche qu'au début. Cela ressemblait un peu à monter sur un cheval à bascule, on n'arrivait jamais nulle part, mais aucun cheval à bascule ne volait à une telle vitesse.

Pourtant, elle se rendit compte maintenant que le rythme avait été bien modifié par rapport à ce qu'il avait été au début, andque le mouvement du poney n'était pas difficile. Si elle n'avait pas été si raide et douloureuse dans chaque articulation et dans chaque muscle à cause de la terrible tension qu'elle avait maintenue, la conduite n'aurait pas été mauvaise du tout. Mais elle ressentait une lassitude des plus terribles, une envie de se laisser tomber sur le sable du désert et de se reposer, sans se soucier de savoir si elle repartirait un jour ou non. Elle n'avait jamais ressenti une lassitude aussi terrible de sa vie.

Elle pouvait maintenant se tenir d'une main et détendre un peu les muscles de l'autre. Elle essaya alors d'une main de faire quelque chose avec ce large fanion de cheveux qui, de temps à autre, lui fouettait le visage de manière si inattendue, mais ne réussit qu'à l'enrouler autour de son cou et à rentrer les extrémités dans le cou de sa combinaison de cheval ; et de cette frêle reliure, il se libéra bientôt.

Elle était consciente de la chaleur du soleil sur sa tête nue, des picotements de ses yeux. La douleur dans sa poitrine s'atténuait et elle pouvait à nouveau respirer librement, mais son cœur était fatigué, tellement fatigué qu'elle avait envie de s'allonger et de pleurer. N'irait-elle jamais nulle part et ne serait-elle jamais aidée ?

Dans combien de temps son père et son frère la manqueraient-ils et la poursuivraient-ils ? Lorsqu'elle l' osait, elle regardait timidement derrière elle, puis de nouveau avec plus d'insistance, mais il n'y avait rien à voir si ce n'est la même horrible étendue de distance avec des montagnes de couleurs vives dans les limites partout ; pas un être vivant à part elle-même et le poney à voir. C'était horrible. Quelque part entre elle et les montagnes derrière elle se trouvait l'endroit d'où elle était partie, mais le soleil éclatant brillait de manière constante, brûlante et revenant sur la terre lumineuse, et rien ne brisait le repos horrible de cet espace solitaire. C'était comme si elle avait été soudainement rattrapée et projetée dans un monde où il n'y avait aucun autre être vivant.

Pourquoi ne sont-ils pas venus après elle ? Sûrement, sûrement, très bientôt, elle les verrait arriver. Ils éperonnaient leurs chevaux lorsqu'ils découvraient qu'elle s'était enfuie. Son père et son frère ne la laisseraient pas longtemps dans cette horrible situation.

Puis il lui vint à l'esprit que son père et son frère étaient restés hors de vue pendant un certain temps avant qu'elle ne commence sa course. Ils ne sauraient pas immédiatement qu'elle était partie ; mais bien sûr, M. Hamar ferait quelque chose. Il ne la laisserait pas impuissante. L'habitude de lui faire confiance depuis des années lui en assurait. Pour l'instant, elle avait oublié la cause de sa fuite. Puis soudain, elle s'en souvint avec une pensée écoeurante. Lui qui avait été pour elle un brave et bon héros, souffrant quotidiennement de l'insouciance d'une femme qui ne le comprenait pas, était descendu de son piédestal et était devenu le plus bas des plus bas. Il avait osé l'embrasser ! Il avait dit qu'il l'épouserait... lui, un homme marié ! Son âme tout entière se révoltait à nouveau contre lui, et maintenant elle était heureuse de s'être enfuie – heureuse que le cheval l'ait emmenée si loin – heureuse de lui avoir montré à quel point tout cela lui paraissait terrible. Elle était même heureuse que son père et son frère soient eux aussi loin, pour le moment, jusqu'à ce qu'elle puisse à nouveau s'adapter à la vie. Comment aurait-elle pu leur faire face après ce qui s'était passé ? Comment pourrait-elle un jour vivre à nouveau dans le même monde avec cet homme , ce héros déchu ? Comment avait-elle pu penser autant à lui ? Elle l'avait presque adoré, et avait été si heureuse quand il avait semblé apprécier sa compagnie, et l'avait complimentée en lui disant qu'elle avait passé une heure fatigante pour lui ! Et il? Il avait voulu dire… *ça* … tout le temps ! Il l'avait regardée avec cette pensée en tête ! Oh ! affreuse dégradation !

Il y avait quelque chose de si révoltant dans le souvenir de sa voix et de son visage lorsqu'il lui avait dit qu'elle ferma les yeux et frissonna en s'en souvenant, et une fois de plus les larmes coulèrent sur ses joues et elle sanglota à voix haute, pitoyablement, la tête baissée. de plus en plus bas sur le cou du poney, ses cheveux brillants tombant sur ses épaules et battant contre la poitrine et les genoux de l'animal pendant qu'il courait, ses doigts raidis agrippaient sa crinière pour garder son équilibre, toute sa petite forme fatiguée tombait sur son cou dans un mouvement un épuisement croissant, son être tout entier balayé par des vagues alternées de colère, de répulsion et de peur.

Peut-être que tout cela a eu son effet sur la bête ; peut-être que quelque part dans son maquillage se trouvait un point, appelez-le instinct ou comme vous voudrez, qui vibrait en réponse à la détresse de la créature humaine qu'il portait. Peut-être que le fait qu'elle ait des ennuis lui attirait sa sympathie, un méchant petit lutin obstiné même s'il l'était habituellement. Ce qui est certain, c'est qu'il commença à ralentir décidément le pas, jusqu'à ce qu'enfin il se mette en marche, et finalement s'arrêta net et tourna la tête avec un hennissement troublé, comme pour lui demander ce qui se passait.

L'arrêt soudain du mouvement la fit presque tomber de son siège ; et avec une nouvelle peur lui serrant le cœur, elle serra plus fort la crinière du poney et regarda autour d'elle en tremblant. Elle était consciente plus que toute autre chose des vastes espaces qui l'entouraient dans toutes les directions, de la solitude de l'endroit et de sa propre condition de désolation. Elle avait voulu que le cheval s'arrête et la laisse descendre sur la terre ferme, et maintenant qu'il l'avait fait et qu'elle pouvait en descendre, une grande horreur l'envahissait et elle n'osait pas. Mais avec la diminution du besoin d'entretenir la tension des nerfs et des muscles, elle commença soudain à sentir qu'elle ne pouvait plus rester assise, qu'elle devait s'allonger, lâcher cette tension terrible, arrêter ce tremblement incontrôlable qui était frémissant dans tout son corps.

Le poney aussi semblait se demander, impatient de ne pas descendre de cheval tout de suite. Il tourna de nouveau son nez vers elle avec un reniflement interrogateur et montra le blanc méchant de ses yeux avec une perplexité sauvage. Puis une panique la saisit. Et s'il se remettait à courir ? Elle serait sûrement jetée cette fois, car ses forces étaient presque épuisées. Il fallait qu'elle descende et s'empare en quelque sorte de la bride. Avec la bride, elle pourrait peut-être espérer guider ses mouvements et rendre impossible toute poursuite sauvage.

Lentement, douloureusement, avec précaution, elle ôta son pied de l'étrier et glissa jusqu'au sol. Ses pieds à l'étroit refusèrent de supporter son poids pour le moment et elle chancela et tomba en un petit tas sur le sol. Le poney, sentant son devoir accompli pour le moment, s'éloigna d'elle et commença à tondre l'herbe avidement.

La jeune fille tomba lourdement de tout son long sur le sol et, pendant un instant, il lui sembla qu'elle ne pourrait plus jamais se relever. Elle était trop fatiguée pour lever la main ou pour déplacer le pied qui était tordu sous elle dans une position plus confortable, trop fatiguée pour même réfléchir. Puis soudain, le bruit de l'animal qui s'éloignait régulièrement d'elle la fit comprendre la nécessité de le sécuriser. S'il devait s'enfuir dans cette vaste désolation , elle serait vraiment impuissante.

    Elle rassembla son énergie déclinante et se releva péniblement. Le cheval était à près d'une verge et se déplaçait lentement, régulièrement, pendant qu'il mangeait, avec de temps en temps un lever agité de la tête pour regarder au loin et faire quelques pas déterminés avant de s'arrêter pour une autre bouchée. Ce cheval avait quelque chose en tête et se dirigeait droit vers lui. Elle sentait qu'il se souciait peu de ce qui lui arrivait. Elle doit veiller à elle-même. C'était quelque chose qu'elle n'avait jamais eu à faire auparavant ; mais l'instinct est venu avec le besoin.

    Lentement, en tremblant, sentant sa faiblesse, elle se dirigea vers lui, un bouquet d'herbe à la main qu'elle avait cueillie en arrivant, le tenant visiblement comme elle avait donné un morceau de sucre ou une pomme à sa jument finement soignée à New York. Mais l'herbe qu'elle tenait était comme toute l'herbe qui l'entourait, et le poney n'avait pas été élevé comme animal de compagnie. Il leva le nez avec énergie et mépris alors qu'elle s'approchait et accéléra d'un pas ou deux.

    Prudemment, elle revint vers lui en lui parlant gentiment, suppliant, complimentairement : "Beau bon cheval ! Joli poney donc il était !" Mais il s'éloigna encore une fois.

    Et ainsi ils continuèrent pendant un certain temps jusqu'à ce qu'Hazel désespère presque de le rattraper et devienne de plus en plus consciente de l'immensité de l'univers qui l'entourait et de la petitesse de son propre être.

    Mais finalement, ses doigts touchèrent la bride, elle sentit la secousse rapide du poney, tendit tous ses muscles pour s'accrocher et découvrit qu'elle avait vaincu. Il était entre ses mains. Pour combien de temps, c'était une question, car il était assez fort pour s'éloigner et peut-être la traîner par la bride, et elle ne connaissait pas grand-chose aux ficelles du management. De plus, ses muscles étaient si flasques et douloureux à cause du long trajet qu'elle n'était pas en mesure de faire face à la sage et méchante petite bête. Elle redoutait de remonter sur son dos et doutait qu'elle y parviendrait si elle essayait, mais cela semblait être le seul moyen d'arriver quelque part ou de tenir compagnie au poney, car elle ne pouvait espérer le retenir par la simple force physique s'il en a décidé autrement.

    Elle resta un moment à côté de lui, regardant autour d'elle au loin. Tout se ressemblait et était différent de tout ce qu'elle avait jamais vu auparavant. Il fallait bien qu'elle monte sur le dos de ce poney, car sa peur du désert devenait de plus en plus grande. C'était presque comme si cela l'arracherait un instant de plus si elle restait là plus longtemps, et l'emporterait dans des royaumes d'espace plus vastes où son âme se perdrait dans l'infini. Elle n'avait jamais été possédée par un tel sentiment auparavant et cela lui faisait une peur déraisonnable.

Se tournant vers le poney, elle mesura l'espace entre le sol et la drôle de selle et se demanda comment les gens montaient de telles choses sans palefrenier. Lorsqu'elle était montée ce matin- là , c'était le bras puissant de Milton Hamar qui l'avait poussée en selle, et sa main qui avait tenu son pied pendant l'instant de son saut. Ce souvenir envoyait maintenant un frisson d'aversion dans tout son corps. Si elle l'avait su, il n'aurait jamais dû la toucher ! Le sang montait inconfortablement sur son visage fatigué et lui faisait prendre conscience de la chaleur du jour et d'une soif brûlante. Elle doit continuer et aller chercher de l'eau quelque part. Elle ne pouvait pas supporter cela plus longtemps.

Fixant soigneusement la bride sur son bras, elle leva le bras et saisit la selle, d'abord dubitative, puis désespérée ; a essayé d'atteindre l'étrier avec un pied, a échoué et a réessayé ; puis, se débattant sauvagement, sautant, donnant des coups de pied, elle chercha en vain à remonter en selle. Mais le poney n'était pas habitué à une telle démonstration à l'équitation et il s'y opposa vivement. Rejetant la tête , il se cabra et s'élança, jetant presque la jeune fille au sol et lui faisant terriblement peur.

Néanmoins, le désespoir de sa situation lui donna des forces pour une nouvelle épreuve, et elle lutta de nouveau, et faillit gagner sa place, lorsque le poney commença une série de cercles qui la renversèrent et lui donnèrent le vertige à force d'essayer de le suivre.

donc encore une demi-heure au jeu désespéré. Deux fois, la jeune fille perdit la bride et dut la récupérer par des ruses furtives, et une fois, elle fut presque sur le point d'abandonner, tant elle était épuisée.

Mais le poney avait soif aussi, et il a dû décider que le moyen le plus rapide de s'abreuver serait de le laisser monter ; car finalement, la tête levée, il resta immobile et la laissa se débattre sur son côté ; et enfin, tombant presque de pure lassitude, elle resta étonnée d'avoir réussi. Elle était sur le dos et elle n'oserait plus jamais redescendre, pensa-t-elle, jusqu'à ce qu'elle soit parvenue à un endroit sûr. Mais maintenant l'animal, le courage renouvelé par la morsure qu'il avait reçue, se remit à renifler à un rythme rapide, manquant de renverser sa cavalière au départ et de lui faire perdre encore une fois la bride. Elle resta assise, tremblante, agrippant la bride et la selle pendant un certain temps, ayant assez de travail pour rester assise sans chercher à diriger son porteur, puis elle vit devant elle une descente soudaine, raide mais pas très longue, et au fond un grand flaque d'eau sale. Le poney ne s'arrêta qu'un instant au bord du gouffre puis commença la descente. La jeune fille cria de peur, mais parvint à rester assise, et l'animal impatient se retrouva bientôt dans l'eau jusqu'aux chevilles, buvant longuement et avec bonheur.

Hazel était assise, la regardant avec consternation. Le point d'eau semblait entièrement entouré de berges escarpées comme celles où ils étaient descendus, et il n'y avait d'autre issue que le retour. Le cheval pourrait-il grimper avec elle sur le dos ? Et pourrait-elle garder sa place ? Cette pensée la refroidissait de peur, car toute son expérience de conduite avait été au niveau, et elle était devenue de plus en plus consciente de sa force déclinante.

En plus, la soif grandissante devenait terrible. Oh, pour juste une goutte de cette eau dont le poney appréciait ! Aussi noir et sale soit-il, elle sentait qu'elle pouvait le boire. Mais c'était hors de sa portée et elle n'osait pas descendre. Soudain, une pensée lui vint. Elle mouillait son mouchoir et s'humidifiait les lèvres avec. Si elle se penchait avec précaution, elle pourrait peut-être le baisser suffisamment pour toucher l'eau.

Elle sortit le petit morceau de linge de la petite poche de son habit et le poney, comme pour l'aider, pataugea plus loin dans l'eau jusqu'à ce que sa jupe le touche presque. Maintenant, elle découvrait qu'en passant son bras autour du cou du poney, elle pouvait tremper la majeure partie de son mouchoir dans l'eau, et aussi sale qu'il soit, il était très rafraîchissant de baigner son visage, ses mains et ses poignets et d'humidifier ses lèvres.

Mais le poney, quand il en avait eu assez, n'avait pas envie de s'attarder, et avec un plouf, un plongeon et un se vautrer qui donna à la jeune fille un bain de douche inattendu, il sortit du trou et remonta le côté rocheux de la descente, tandis qu'elle s'accrochait effrayée à la selle et se demandait si elle pourrait éventuellement s'accrocher jusqu'à ce qu'ils soient de nouveau sur la mesa. Le délicat mouchoir tombé pendant le vol flottait pitoyablement sur l'eau boueuse, un autre peu de réconfort laissé derrière lui.

Mais quand ils se relevèrent et s'éloignèrent, avec la peur et le fait qu'ils étaient sortis du trou du côté opposé à celui par lequel ils y étaient entrés, la jeune fille avait perdu tout sens de l'orientation et s'étendait partout. un vaste vide bordé de montagnes claires, froides et hostiles.

L'atmosphère entière de la terre semblait avoir changé pendant qu'ils étaient au point d'eau, car maintenant les ombres étaient longues et avaient une attitude presque menaçante alors qu'elles rampaient ou sautaient de côté après les voyageurs. Hazel remarqua avec un regard surpris vers le ciel que le soleil était bas et qu'il allait bientôt se coucher. Et bien sûr, l'endroit où le soleil était suspendu comme une grande opale brûlante devait être l'ouest, mais cela ne lui disait rien, car le soleil était haut dans le ciel quand ils avaient commencé, et elle n'avait pris aucune note de la direction. L'Est, l'Ouest, le Nord ou le Sud ne faisaient qu'un pour elle dans la vie heureuse et insouciante qu'elle menait jusqu'alors. Elle essaya de comprendre et de se rappeler dans quelle direction ils s'étaient détournés de la voie ferrée, mais elle devint de plus en plus perplexe, et le brillant spectacle à l'ouest s'enflamma de manière alarmante lorsqu'elle réalisa que la nuit approchait et qu'elle était perdue dans un grand désert avec seulement un paysage sauvage. petit poney fatigué pour la compagnie, affamé, assoiffé et fatigué au-delà de tout ce dont elle avait jamais rêvé auparavant.

Depuis quelque temps, ils descendaient dans une large vallée, ce qui faisait paraître la nuit encore plus proche. Hazel aurait fait demi-tour et essayé de revenir sur ses pas, mais il ne l'avait pas fait, car malgré tous ses efforts, et le faire tourner comme elle le voulait, il fit demi-tour et se retrouva bientôt dans le même parcours, de sorte que maintenant les mains fatiguées il ne pouvait que tenir les rênes avec raideur et se laisser porter là où le poney le voulait. Il était évident qu'il avait une destination en vue et qu'il connaissait le chemin pour y parvenir. Hazel avait lu des articles sur l'instinct des animaux. Elle commença à espérer qu'il l'emmènerait bientôt dans une habitation humaine où elle trouverait de l'aide pour retrouver son père.

Mais soudain, même la gloire du soleil mourant disparut lorsque le cheval entra dans l'obscurité de l'ouverture du canyon, dont les hauts murs de pierre rouge, s'élevant solennellement de chaque côté, étaient dentelés çà et là de longues lignes transversales d'herbes et de fougères arborescentes. grandissant dans les crevasses, et plus haut apparaissaient les ouvertures noires de grottes mystérieuses et effrayantes dans l'obscurité crépusculaire. La voie à suivre s'annonçait sombre. Quelque part dans ses souvenirs d'enfance, une phrase tirée d'un service religieux à laquelle elle n'avait jamais prêté attention, mais qui lui venait vivement à l'esprit maintenant : « Même si je marche dans la vallée de l'ombre, la vallée de l'ombre ! " Ce doit sûrement être ça. Elle aurait aimé pouvoir se souvenir du reste. Qu'est-ce que cela aurait pu signifier ? Elle frissonnait visiblement et regardait autour d'elle avec des yeux hagards.

Les peupliers et les chênes poussaient en masse au pied des falaises, les cachant presque parfois, et au-dessus des murs s'élevaient des murs sombres et imposants. Le chemin était accidenté et glissant, rempli de gros rochers et de rochers, que le poney contournait sans se soucier des branches d'arbres qui lui balayaient le visage et s'accrochaient dans ses longs cheveux au passage.

En vain, elle s'efforça de le guider, mais il se tourna seulement pour se retourner, avec détermination. Quelque part dans l'obscurité profonde, il avait une destination et aucune simple fille ne devait l'empêcher de l'atteindre le plus tôt possible. Il était clair pour son cheval que sa cavalière ne savait pas ce qu'elle voulait, et il le savait, il n'y avait donc pas d'autre choix. Il avait l'intention de retourner chez son ancien maître aussi directement et aussi vite que possible. Ce canyon était le passage le plus court et à travers ce canyon, il avait l'intention de marcher, que cela lui plaise ou non.

Ils s'enfoncèrent de plus en plus dans l'obscurité, et la jeune fille, folle de peur, cria avec l'espoir fou que quelqu'un pourrait être proche et venir à son secours. Mais l'allée sombre du canyon capta sa voix et la répéta au loin, jusqu'à ce qu'elle lui revienne dans un volume de son sépulcral qui la remplissait d'une terreur sans nom et lui faisait craindre d'ouvrir à nouveau les lèvres. C'était comme si, par son cri, elle avait réveillé l'esprit maléfique qui habitait le canyon et l'avait mis à la recherche de l'intrus. "À l'aide!" Comme les mots roulaient et revenaient sur ses sens tremblants jusqu'à ce qu'elle tremble et frémisse de leurs échos !

Le poney s'avança dans les ombres de plus en plus profondes, et à chaque instant l'obscurité se fermait de plus en plus impénétrable, jusqu'à ce que la jeune fille ne puisse plus que fermer les yeux, baisser la tête autant que possible pour échapper aux branches – et prier.

Puis soudain, d'en haut, là où le ciel lointain donnait une ligne de lumière et où une seule étoile était apparue pour percer le crépuscule comme un grand joyau sur une robe de dame, il y eut un bruit ; glacer le sang et hideux, haut, creux, retentissant, glaçant son âme d'horreur et faisant s'arrêter son cœur de peur. Elle l'avait entendu une fois auparavant, une nuit ou deux auparavant, lorsque leur train s'était arrêté dans un vaste désert pour de l'eau ou des réparations ou quelque chose comme ça et que le porteur de la voiture lui avait dit que c'était des coyotes. C'était alors lointain, et étrange et intéressant de penser à être si près de vrais animaux sauvages vivants. Elle avait regardé depuis la sécurité de sa couchette derrière les rideaux de soie et avait cru voir des formes sombres se faufiler au-dessus de la plaine au clair de lune. Mais c'était une chose très différente d'entendre ce bruit maintenant, seule parmi leurs repaires, sans arme ni aucune pour la protéger. L'horreur de sa situation lui a presque fait perdre la raison.

toujours la selle, faible et tremblante, s'attendant à ce que chaque minute soit la dernière ; et les horribles hurlements des coyotes continuaient.

Quelque part en contrebas du sentier, elle pouvait entendre de temps en temps le doux ruissellement de l'eau avec une netteté exaspérante. Oh, si elle pouvait étancher cette terrible soif ! Le poney était quelque peu rafraîchi avec son herbe et son verre d'eau, mais la jeune fille, dont la vie jusqu'à ce jour n'avait jamais connu un besoin insatisfait, était faible de faim et brûlante de soif, et cette demande inhabituelle de forces l'amenait rapidement. jusqu'à sa limite.

L'obscurité dans le canyon s'approfondit et de plus en plus d'étoiles se rassemblèrent au-dessus de nous ; mais loin, tellement loin ! Les coyotes semblaient n'être qu'une ombre effacée tout autour et au-dessus. Ses sens nageaient. Elle ne pouvait pas être sûre de l'endroit où ils se trouvaient. Le cheval glissa et trébucha dans l'obscurité, et elle oublia d'essayer de le détourner de son objectif.

Peu à peu, elle se rendit compte que le chemin revenait vers le haut. Ils se précipitaient sur des endroits accidentés, de gros rochers sur le chemin, des arbres poussant près du sentier, et le poney ne semblait pas pouvoir les éviter, ou peut-être qu'il s'en fichait. Les hurlements des coyotes devenaient de plus en plus clairs à chaque minute, mais d'une manière ou d'une autre, sa peur d'eux était apaisée, comme sa peur de tout le reste. Elle était allongée sur le poney, accrochée à son cou, trop faible pour crier, trop faible pour arrêter les larmes qui mouillaient lentement sa crinière. Puis soudain, elle fut prise dans les bras d'une branche basse, ses cheveux emmêlés dans sa rugosité. Le poney lutta pour prendre son équilibre incertain, la branche la retint fermement et le poney poursuivit sa route, laissant derrière lui son cavalier impuissant, regroupé en un petit tas sur le sentier rocheux, balayé de la selle par la vieille branche dure.

Le poney s'arrêta un instant sur un morceau de rocher qu'il avait gagné avec difficulté, et se retourna avec un reniflement troublé, mais le tas blotti dans l'obscurité au-dessous de lui ne donna aucun signe de vie, et après un autre reniflement et un demi-hennissement de avertissant, le poney se retourna et continua à grimper, de haut en haut jusqu'à ce qu'il atteigne la mesa au-dessus.

La lune tardive se leva et parcourut le canyon jusqu'à trouver l'or de ses cheveux éparpillés sur le chemin rocheux et toucha son doux visage inconscient avec la lumière d'une beauté froide ; les coyotes continuaient à hurler en chœur solennel, et la petite silhouette restait toujours silencieuse et inconsciente de sa situation.

IV
LA QUÊTE

John Brownleigh atteignit le point d'eau au coucher du soleil et, pendant qu'il attendait que son cheval boive, il méditait sur ce qu'il ferait ensuite. S'il avait l'intention d'aller dîner au fort, il devait immédiatement tourner brusquement à droite et rouler fort, à moins qu'il ne veuille être en retard. La dame du fort aimait avoir ses invités à portée de main, il le savait.

Le soleil était couché. Cela avait laissé de longues éclaboussures de pourpre et d'or à l'ouest, et leur reflet scintillait sur l'eau boueuse en dessous de lui, de sorte que Billy avait l'air d'avoir bu le vin le plus riche dans une coupe d'or, tout en satisfaisant sa soif.

Mais alors que le missionnaire observait l'eau peinte et essayait de décider de sa direction, soudain son œil aperçut un petit quelque chose de blanc flottant, à moitié accroché à une brindille au bord de l'eau, un peu de fine transparence, avec un délicat bord de dentelle. Cela l'a surpris dans cet endroit désert tout comme le joyau dans son serti doré dans le sable l'avait surpris ce matin-là.

Avec une exclamation de surprise , il se pencha, ramassa le petit mouchoir mouillé et le tendit – délicat, blanc et fin, et malgré son état humide, envoyant son souffle violet aux sens d'un homme qui avait été dans la nature. du désert pendant trois ans. Il parlait du raffinement, de la culture et du monde qu'il avait laissé derrière lui en Orient.

Il y avait une petite lettre brodée dans le coin, mais déjà la lumière devenait trop faible pour la lire, et même s'il la levait, la regardait et palpait la broderie du bout du doigt, il ne pouvait pas être sûr que ce soit non plus. des lettres qui avaient été gravées sur le fouet.

Néanmoins, le petit messager blanc détermina sa route. Il chercha au bord du point d'eau des empreintes de sabots ainsi que la lumière mourante le révélerait, puis monta sur Billy avec décision et reprit sa quête là où il l'avait presque abandonnée. Il était convaincu qu'une dame se trouvait seule quelque part dans le désert.

Il était minuit passé lorsque Billy et le missionnaire tombèrent sur le poney, en haut de la mesa, en train de paître. L'animal avait visiblement ressenti le besoin de nourriture et de repos avant d'aller plus loin, et était peut-être un peu inquiet de cette forme recroquevillée dans l'obscurité qu'il avait quittée.

Billy et le poney furent bientôt entravés et laissés se nourrir ensemble tandis que le missionnaire, pensant tous à son propre besoin de repos oublié, commençait une recherche systématique du cavalier disparu. Il examina d'abord soigneusement le poney et la selle. La selle lui rappelait Shag Bunce, mais le poney lui était étranger ; il ne pouvait pas non plus distinguer la lettre de la marque dans le pâle clair de lune. Cependant, il peut s'agir d'un nouvel animal, tout juste acheté et pas encore marqué – ou il peut y avoir mille explications. La pensée de Shag Bunce lui rappelait la belle voiture privée qu'il avait vue sur la piste ce matin-là. Mais même si un groupe était parti faire du cheval, comment l'un d'eux serait-il séparé ? Aucune femme ne s'aventurerait sûrement dans le désert seule, pas une étrangère en tout cas.

Toujours dans l'argent et le noir de la nuit sombre, il chercha, et ce n'est que lorsque la lumière rose de l'aube commença à s'éclairer et à grandir à l'est qu'il parvint au sommet du canyon où il pouvait regarder en bas et voir la jeune fille. , sa tenue de cheval verte se fondant sombrement avec les formes sombres des arbres encore dans l'ombre, l'or de ses cheveux brillait avec la lumière matinale et son visage blanc et blanc se tournait vers le haut.

Il ne perdit pas de temps et descendit à ses côtés, redoutant ce qu'il pourrait trouver. Était-elle morte ? Que lui était-il arrivé ? C'était un endroit périlleux où elle gisait, et les dangers qui auraient pu lui nuire avaient été nombreux. Le ciel devint rose et teinta tous les nuages de rose alors qu'il s'agenouillait près de la forme immobile.

Un moment lui servit à le convaincre qu'elle était encore en vie ; même dans la pénombre, il pouvait voir l'air tiré et las de son visage. Pauvre enfant! Pauvre petite fille perdue dans le désert ! Il était content, content d'être venu la trouver.

Il la prit dans ses bras forts et la porta vers la lumière.

La déposant dans un endroit abrité, il apporta rapidement de l'eau, lui baigna le visage et força un stimulant entre ses lèvres blanches. Il frotta ses petites mains froides, couvertes d'ampoules avec la bride, lui donna davantage de stimulants et fut récompensé en voyant une légère couleur se glisser sur les lèvres et les joues. Finalement, les paupières blanches s'ouvrirent une seconde et lui laissèrent entrevoir de grands yeux sombres dans lesquels se reflétaient encore l'horreur et la frayeur de la nuit.

Il lui donna une autre gorgée et s'empressa de préparer un lieu de repos plus confortable, apportant la toile du sac de Billy et un ou deux autres petits objets qui pourraient lui apporter du réconfort, parmi lesquels une petite bouillotte. Lorsqu'il l'avait installée sur la toile avec des fougères douces et de l'herbe en dessous comme oreiller et sa propre couverture étendue sur elle , il se mit à ramasser du bois pour un feu, et bientôt il eut de l'eau bouillante dans sa tasse en fer blanc, assez pour remplir la bouteille en caoutchouc. . Lorsqu'il le mit dans ses mains froides , elle rouvrit les yeux avec étonnement. Il sourit de manière rassurante et elle se blottit avec contentement dans le confort de la chaleur. Elle était trop fatiguée pour remettre en question ou savoir autre chose que le soulagement d'une terrible horreur.

La prochaine fois qu'il revint vers elle, ce fut avec une tasse de thé de bœuf fort qu'il porta à ses lèvres et la persuada de l'avaler. Quand ce fut fini, elle se recoucha et se rendormit avec un long soupir tremblant qui ressemblait presque à un sanglot, et le cœur du jeune homme fut secoué au plus profond de l'agonie par laquelle elle avait dû passer. Pauvre enfant, pauvre petit enfant !

Il s'occupa de rendre leur campement temporaire aussi confortable que possible et de veiller aux besoins des chevaux, puis revenant vers sa patiente, il la regarda pendant qu'elle dormait, se demandant ce qu'il devait faire ensuite.

Ils étaient loin de toute habitation humaine. Ce qui avait poussé le poney à emprunter cette piste solitaire était un casse-tête. Cela menait à une colonie indienne lointaine, et sans doute l'animal retournait chez son ancien maître, mais comment se fait-il que le cavalier ne l'ait pas fait rebrousser chemin ?

Puis il baissa les yeux sur la frêle jeune fille endormie par terre et devint grave en pensant aux périls qu'elle avait traversés seule et sans surveillance. La délicatesse exquise de son visage le touchait comme aurait pu le faire la vision d'un être angélique, et un instant il oublia tout dans l'émerveillement dont sa beauté le remplissait ; le joli contour du profil qui reposait légèrement contre son bras levé, la finesse et la longueur de sa richesse de cheveux, comme de l'or filé dans l'éclat du soleil qui scrutait juste au-dessus du bord de la montagne, la clarté de sa peau , si blanche et différente des femmes de cette région, l' affaissement pitoyable de ses douces lèvres témoignant d'un épuisement total. Son cœur s'éloignait de lui avec le désir de la réconforter, de la protéger et de la ramener au bonheur. Une tendresse étrange et joyeuse pour elle l'envahissait tandis qu'il la regardait, de sorte qu'il pouvait à peine détourner son regard de son visage. Puis, tout à coup, il lui vint à l'idée qu'elle n'aimerait pas qu'un étranger se tienne ainsi là et contemple son impuissance, et avec une vive révérence, il détourna les yeux vers le ciel.

C'était une matinée particulière, merveilleusement belle. Les nuages étaient teintés de rose presque comme un coucher de soleil et duraient ainsi pendant plus d'une heure, comme si l'aube arrivait doucement pour ne pas réveiller celle qui dormait.

Brownleigh , avec un dernier coup d'œil pour voir si sa patiente était à l'aise, s'éloigna doucement pour ramasser du bois, apporter plus d'eau et faire divers petits préparatifs pour un petit-déjeuner plus tard, lorsqu'elle devrait se réveiller. Au bout d'une heure, il revint sur la pointe des pieds pour voir si tout allait bien, et, se baissant, posa un doigt exercé sur le poignet délicat pour noter le battement de son pouls. Il pouvait le compter avec soin, faible, comme si le cœur avait été soumis à une forte tension, mais de plus en plus stable dans l'ensemble. Elle dormait bien. C'était mieux que n'importe quel médicament qu'il pouvait administrer.

En attendant, il doit surveiller attentivement les voyageurs . Ils étaient assez hors du sentier ici, et le sentier était de toute façon ancien et presque désaffecté. Il y avait peu de chances qu'il y ait beaucoup de passants. Cela pourrait prendre des jours avant que quelqu'un ne vienne par là. Il n'y avait aucune habitation humaine à proximité, et il n'osait pas quitter sa charge pour aller chercher de l'aide pour la ramener à la civilisation. Il devait juste attendre ici jusqu'à ce qu'elle puisse voyager.

Il lui vint à l'esprit de se demander où était sa place et comment elle en était arrivée à se retrouver ainsi seule, et s'il n'était pas tout à fait probable qu'un groupe de chercheurs pourrait bientôt sortir avec une sorte de moyen de transport pour la ramener chez elle. Il doit faire preuve d'une vigilance accrue et signaler tout passager qui passe.

Pour ce faire, il s'éloignait de la jeune fille endormie autant qu'il osait la quitter, et lançait de temps en temps un appel long et clair, mais aucune réponse ne venait.

Il n'osait pas utiliser son fusil pour signaler , de peur de manquer de munitions dont il pourrait avoir besoin avant de revenir avec sa charge. Cependant, il a jugé sage de combiner la chasse avec la signalisation , et lorsqu'un lapin s'est précipité sur son chemin non loin de là , il lui a tiré dessus, et le son a résonné dans la matinée claire, mais aucun signal de réponse n'est venu.

Après avoir abattu deux lapins et les avoir préparés pour le dîner au moment où son invité devait se réveiller, il raviva le feu, fit rôtir les lapins sur un curieux petit appareil qui lui était propre et s'allongea de l'autre côté du feu. Il était lui-même épuisé au-delà de toute expression, mais il n'y avait jamais pensé une seule fois. L'excitation de l'occasion l'a tenu éveillé. Il était toujours émerveillé par l'étrangeté de sa position et se demandait ce qui serait révélé lorsque la jeune fille se réveillerait. Il redoutait presque qu'elle le fasse, de peur qu'elle ne soit pas aussi parfaite qu'elle paraissait endormie. Son cœur était dans un tumulte d'émerveillement à son sujet et de gratitude de l'avoir retrouvée avant qu'un terrible sort ne l'atteigne.

Alors qu'il se reposait là, rempli d'une joie exaltée, son esprit errait vers les désirs de la veille, la petite maison en pisé de son collègue qu'il avait quittée, son intimité et sa joie ; sa propre solitude et son désir de compagnie. Puis il regarda timidement vers l'ombre de l'arbre où l'éclat des cheveux dorés et la ligne sombre de sa couverture étaient tout ce qu'il pouvait voir de la fille qu'il avait trouvée dans le désert. Et si son Père avait répondu à sa prière et la lui avait envoyée ! Quel miracle de joie ! Un frisson de tendresse le parcourut et il posa ses mains sur ses yeux fermés dans une sorte d'extase.

Quelle bêtise ! Des rêves, bien sûr ! Il essaya de se calmer mais il ne put s'empêcher de penser à ce que cela donnerait d'avoir cette charmante fille trônant dans sa petite cabane, prête à partager ses joies et à réconforter ses chagrins ; être aimé, gardé et tendrement soigné par lui.

Un mouvement de la vieille couverture et un soupir doucement tiré mirent fin à cette délicieuse rêverie, et lui-même se releva, rougissant de froid et de chaud à l'idée de lui faire face éveillée.

Elle s'était légèrement retournée vers lui, les joues rouges de sommeil. Une main fut rejetée au-dessus de sa tête, et le soleil capta et projeta l'éclat des bijoux dans ses yeux, de grandes pierres précieuses d'une clarté glorieuse comme des gouttes de rosée du matin quand le soleil est nouveau sur elles, et l'éclair des bijoux lui dit une fois C'était plus ce qu'il savait auparavant, c'est-à-dire qu'elle était ici une fille d'un autre monde que le sien. Elles semblaient le blesser tandis qu'il les regardait, ces précieuses pierres précieuses, car elles lui transperçaient le cœur et lui disaient qu'elles étaient fixées sur un mur de séparation qui pourrait s'élever à jamais entre elle et lui.

Puis, tout à coup, il reprit ses esprits et redevint missionnaire, les sens en alerte, conscient qu'il était midi et que son patient se réveillait. Il a dû dormir lui-même, même s'il pensait avoir été bien éveillé tout le temps. L'heure était venue d'agir et il devait mettre de côté les pensées stupides qui s'étaient accumulées lorsque son cerveau fatigué était incapable de faire face aux dures réalités de la vie. Bien sûr, tout cela n'était que des bêtises et des absurdités dont il avait rêvé. Il doit faire son devoir envers ce nécessiteux maintenant.

D'un pas doux , il apporta une tasse d'eau qu'il avait placée à l'ombre pour la garder au frais, et se plaça à côté de la jeune fille, parlant doucement, comme s'il avait été sa nourrice depuis des années.

"Tu ne voudrais pas un verre d'eau ?" Il a demandé.

La jeune fille ouvrit les yeux et le regarda avec perplexité.

"Oh, oui," dit-elle avec empressement, même si sa voix était très faible. "Oh, oui, j'ai tellement soif. Je pensais que nous n'arriverions jamais nulle part !"

Elle le laissa lever la tête et but avec impatience, puis retomba épuisée et ferma les yeux. Il pensait presque qu'elle allait se rendormir.

"Tu ne voudrais pas quelque chose à manger ?" Il a demandé. "Le dîner est presque prêt. Pensez-vous que vous pouvez vous asseoir pour manger ou préférez-vous rester allongé ?"

"Dîner!" dit-elle nonchalamment ; "Mais je pensais que c'était la nuit. Ai-je tout rêvé et comment suis-je arrivé ici ? Je ne me souviens pas de cet endroit."

Elle regarda autour d'elle avec curiosité puis ferma les yeux comme si l'effort était presque trop important.

"Oh, je me sens tellement bizarre et fatiguée, comme si je ne voulais plus jamais bouger", murmura-t-elle.

"Ne bouge pas", ordonna-t-il. "Attends d'avoir quelque chose à manger. Je t'en apporte tout de suite."

Il apporta une tasse d'extrait de bœuf fumant avec de petits morceaux de biscuit cassés d'une petite boîte en fer blanc dans le paquet et la lui donna par cuillerée à la fois.

"Qui es-tu?" » demanda-t-elle en avalant la dernière cuillerée et en ouvrant les yeux, qui étaient restés fermés la plupart du temps, pendant qu'il la nourrissait, comme si elle était trop fatiguée pour les garder ouverts.

"Oh, je ne suis qu'un missionnaire. Mon nom est Brownleigh . Maintenant, ne parle pas avant d'avoir terminé ton dîner. Je l'apporterai dans une minute. Je veux te préparer une tasse de thé, mais vous voyez, je dois d'abord laver cette tasse. La quantité de vaisselle est limitée. Son sourire génial et ses paroles chaleureuses la rassurèrent et elle sourit et se soumit.

"Un missionnaire !" » réfléchit-elle et ouvrit furtivement les yeux pour le regarder pendant qu'il s'acquittait de sa tâche. Un missionnaire ! À sa connaissance, elle n'avait jamais vu de missionnaire auparavant. Elle les avait toujours imaginées d'une espèce tout à fait différente, de vieilles filles simples avec des cheveux bien tirés derrière les oreilles et un bonnet poke avec de petits cordons de pelouse blanche.

C'était un homme jeune, fort, attachant et beau comme un beau morceau de bronze. La chemise en flanelle marron qu'il portait s'ajustait facilement sur des muscles bien tricotés et correspondait exactement au brun des abondants cheveux ondulés dans lesquels le soleil du matin mettait des reflets dorés alors qu'il s'agenouillait devant le feu et terminait adroitement sa cuisine. Son doux chapeau de feutre à larges bords repoussé loin en arrière sur la tête, le pantalon en velours côtelé, les jambières en cuir et la ceinture avec une paire de pistolets, tout s'intégrait dans l'image et donnait à la jeune fille le sentiment qu'elle avait soudainement quitté la terre où elle avait vécu et été jusqu'ici. tombée dans un pays inconnu avec un ange fort et gentil pour s'occuper d'elle.

Un missionnaire ! Alors bien sûr, elle n'avait pas besoin d'avoir peur de lui. En étudiant son visage, elle comprit qu'elle ne pouvait pas avoir peur de ce visage de toute façon, à moins, peut-être, qu'elle n'ait osé désobéir aux ordres de son propriétaire. Il avait un menton fort et ferme, et ses lèvres, bien que douces dans leur courbe, semblaient décidées, comme s'il ne fallait pas les prendre à la légère. Dans l'ensemble, si c'était une missionnaire, alors elle devait désormais changer ses idées sur les missionnaires.

Elle observait ses mouvements légers et libres, maintenant s'asseyant sur ses talons pour tenir la tasse d'eau bouillante au-dessus de l'incendie grâce à une poignée curieusement artificielle, maintenant se levant et se dirigeant vers le sac de selle pour chercher un article nécessaire. Il y avait quelque chose de gracieux et de puissant dans chacun de ses mouvements. Il donnait à chacun un sentiment de force et de ressources presque infinies. Puis soudain, son imagination fit apparaître à côté de lui l'homme qu'elle avait fui, et à la lumière de ce beau visage, l'autre visage s'assombrit et s'affaiblit et elle eut une révélation rapide de son véritable caractère, et se demanda qu'elle ne l'avait jamais su auparavant. Un frisson la parcourut et une pâleur grise lui apparut au visage à ce souvenir. Elle éprouvait un grand dégoût à l'idée de penser ou même à la nécessité de vivre à ce moment-là.

Puis aussitôt il se retrouva à côté d'elle avec une assiette en fer blanc et une tasse de thé fumant, et commença à lui donner à manger, comme si elle avait été un bébé, du lapin rôti et du pain de maïs grillé. Elle mangeait sans poser de questions et buvait son thé, trouvant tout délicieux après son long jeûne et gagnant de nouvelles forces à chaque bouchée.

"Comment suis-je arrivé ici?" » demanda-t-elle soudainement en se levant sur un coude et en regardant autour d'elle. "Je ne me souviens pas d'un endroit comme celui-ci."

"Je t'ai trouvé accroché à un buisson au clair de lune," dit-il gravement, "et je t'ai amené ici."

Hazel s'allongea et réfléchit à cela. Il l'avait amenée ici. Alors il a dû la porter ! Eh bien, ses bras semblaient assez forts pour soulever une personne plus lourde qu'elle – mais il l'avait amenée ici !

Une légère couleur apparut sur ses joues pâles.

"Merci", dit-elle enfin. "Je suppose que je n'ai pas pu venir moi-même." Il y avait un petit pli drôle au coin de sa bouche.

"Pas exactement," répondit-il en rassemblant la vaisselle.

"Je me souviens que mon petit destrier fou a commencé à grimper tout droit sur le flanc d'un terrible mur dans l'obscurité et a finalement décidé de m'essuyer avec un arbre. C'est la dernière fois dont je me souviens. Je me suis senti glisser et je n'ai pas pu" Je ne tiens plus. Puis tout est devenu sombre et j'ai lâché prise.

"Ou étais-tu parti?" demanda le jeune homme.

« Vous partez ? Je n'allais nulle part », dit la jeune fille ; "Le poney faisait ça. Il s'enfuyait, je suppose. Il a couru des kilomètres et des heures avec moi et je n'ai pas pu l'arrêter. J'ai perdu la bride, voyez-vous, et il avait des idées sur ce qu'il voulait faire. " J'étais presque mort de peur et il n'y avait personne en vue de toute la journée. Je n'ai jamais vu un endroit aussi vide de ma vie. Ce n'est pas possible, nous sommes toujours en Arizona, nous sommes venus si loin. "

"Quand as-tu commencé?" » questionna gravement le missionnaire.

"Eh bien, ce matin, c'est à dire, ça devait être hier. Je suis sûr que je ne sais pas quand. C'était mercredi matin vers onze heures que nous avons quitté la voiture à cheval pour rendre visite à un papa de la mine. J'en avais entendu parler. Cela fait environ un an que nous avons commencé."

"Combien y avait-il dans votre groupe ?" demanda le jeune homme.

"Juste papa et mon frère, et M. Hamar , un ami de mon père", répondit la jeune fille, les joues rougissantes au souvenir de ce nom.

"Mais n'y avait-il aucun guide, aucun indigène avec vous ?" Il y avait de l'anxiété dans le ton du jeune homme. Il avait des visions d'autres personnes perdues dont il faudrait s'occuper.

"Oh, oui, il y avait l'homme à qui mon père avait écrit, qui avait amené les chevaux, et deux ou trois hommes avec lui, dont certains étaient des Indiens, je pense. Son nom était Bunce, M. Bunce. C'était un homme étrange. avec beaucoup de cheveux sauvages."

"Shag Bunce", dit pensivement le missionnaire. "Mais si Shag était là , je ne comprends pas comment vous en êtes arrivé à vous séparer à ce point de votre groupe. Il monte le cheval le plus rapide de cette région. Aucun poney de sa tenue, aussi léger soit-il, ne pourrait devancer Shag Bunce. Il vous aurait rattrapé en quelques minutes. Que s'est-il passé ? Y a-t-il eu un accident ?

Il la regarda attentivement, persuadé qu'il y avait un mystère derrière ses pérégrinations qu'il devait résoudre pour le bien de la jeune fille et de ses amis. Les joues de Hazel devinrent roses.

"Eh bien, il ne s'est vraiment rien passé", dit-elle évasivement. "M. Bunce était devant avec mon père. En fait , il était hors de vue lorsque mon poney a commencé à courir. J'étais avec M. Hamar , et comme nous ne nous souciions pas de la mine, nous ne nous sommes pas pressés. Avant nous avons réalisé que les autres étaient loin devant, au-dessus d'une colline ou quelque chose comme ça, j'ai oublié ce qu'il y avait devant moi, seulement on ne pouvait pas les voir. Ensuite, nous... je... c'est-à-dire... eh bien, j'ai dû toucher mon poney assez fort avec mon fouet et il a fait volte-face et s'est mis à courir. Je n'en suis pas sûr mais j'ai touché aussi le cheval de M. Hamar et il se comportait mal. Je n'ai vraiment pas eu le temps de voir. Je ne sais pas ce qu'est devenu M. Hamar . Il n'est pas vraiment un cavalier. Je ne crois pas qu'il ait jamais monté auparavant. Il a peut-être eu des problèmes avec son cheval. Quoi qu'il en soit, avant de m'en rendre compte, j'étais hors de vue de tout, sauf de vastes étendues vides avec des montagnes et des nuages au-dessus. la fin partout, et cela continue encore et encore et ne se rapproche de rien . "

"Ce M. Hamar a dû être idiot pour ne pas avoir immédiatement alerté vos amis s'il ne pouvait rien faire lui-même", a déclaré Brownleigh sévèrement. "Je ne peux pas comprendre comment il a pu arriver que personne ne vous ait trouvé plus tôt. C'est par simple hasard que je suis tombé sur votre fouet et d'autres petites choses et j'ai donc eu peur que quelqu'un ne se perde. Il est très étrange que personne ne vous ait trouvé avant. ceci. Votre père aura été très inquiet.

Hazel se redressa, les joues enflammées et commença à rassembler ses cheveux en un nœud. Une prise de conscience soudaine de sa position lui était venue et lui avait donné de la force.

"Eh bien, vous voyez," trébucha-t-elle, essayant d'expliquer sans rien dire, "M. Hamar aurait pu penser que j'étais retournée à la voiture, ou il aurait pu penser que je ferais demi-tour dans quelques minutes. Je ne pense pas il aurait voulu me suivre à ce moment-là. J'étais… en colère contre lui !

Le jeune missionnaire regardait la belle fille assise bien droite sur la toile qu'il avait tendue pour son lit, essayant en vain de ramener ses cheveux clairs à quelque chose comme de l'ordre, ses joues rougeoyantes, ses yeux brillants maintenant, moitié de colère, moitié d'embarras, et pendant une seconde, il eut pitié de celle qui avait suscité sa colère. Une étrange colère irraisonnée envers l'inconnu s'empara de lui, et son visage s'attendrit à mesure qu'il regardait la jeune fille.

"Ce n'était pas une excuse pour vous laisser partir seul face aux périls du désert", dit-il sévèrement. "Il ne pouvait pas le savoir. Il était impossible qu'il puisse comprendre ou il aurait risqué sa vie pour te sauver de ce que tu as vécu. Aucun homme ne pourrait faire autrement!"

Hazel leva les yeux, surprise par la véhémence des mots, et encore une fois le contraste entre les deux hommes la frappa avec force.

"J'ai peur," murmura-t-elle en regardant pensivement vers les montagnes lointaines, "qu'il ne soit pas vraiment un homme."

Et d'une manière ou d'une autre, la jeune missionnaire fut soulagée de l'entendre dire cela. Il y eut un moment de silence embarrassé, puis Brownleigh commença à fouiller dans sa poche, lorsqu'il vit la mèche dorée de cheveux commencer à se défaire de son nœud.

« Est-ce que cela vous aidera ? » demanda-t-il en distribuant le peigne et les épingles à cheveux qu'il avait trouvés, une soudaine gêne l'envahissant.

"Oh, mon propre peigne !" s'exclama-t-elle. "Et des épingles à cheveux ! Où les avez-vous trouvées ? En effet, elles vous aideront", et elle les saisit avec empressement.

Il se détourna, embarrassé, émerveillé par le contact de ses doigts alors qu'elle prenait les morceaux de coquille de sa main. Aucune main de femme comme celle-là n'avait touché la sienne, même pour la saluer, depuis qu'il avait dit au revoir à sa mère invalide et qu'il était sorti dans ces contrées sauvages pour accomplir son travail. Cela le ravissait jusqu'au plus profond de l'âme et il se souvenait de la douce crainte qui l'avait envahi dans sa propre cabine alors qu'il regardait les petits articles de toilette pour femmes posés sur sa table comme s'ils étaient à la maison. Il ne pouvait pas comprendre sa propre humeur. Cela ressemblait à de la faiblesse. Il se détourna et fronça les sourcils à cause de sa stupide sentimentalité envers un étranger qu'il avait trouvé dans le désert. Il s'en remettait à la lassitude du long voyage et de la nuit blanche.

"Je les ai trouvés dans le sable. Ils m'ont montré le chemin pour te retrouver", dit-il en essayant en vain de parler sur un ton banal. Mais d'une manière ou d'une autre, sa voix semblait prendre une signification profonde. Il la regarda timidement, craignant à moitié qu'elle le ressente, puis murmurant quelque chose à propos de s'occuper des chevaux, il s'éloigna précipitamment.

Quand il revint, elle maîtrisait les cheveux rebelles, et ils étaient brillants et beaux, tressés et enroulés autour de sa tête galbée. Elle était debout maintenant, après avoir secoué et lissé sa tenue de selle froissée, et s'était fait paraître toute fraîche et ravissante malgré les commodités limitées des toilettes.

Il retint son souffle en la voyant. Les deux hommes se regardèrent intensément pendant un instant, chacun étant étonnamment conscient de la personnalité de l'autre, car les hommes et les femmes ont parfois un aperçu au-delà du simple corps et une vision de l'âme. Chacun éprouvait un plaisir palpitant en présence de l'autre. C'était quelque chose de nouveau et de merveilleux qui ne pouvait pas encore être exprimé ni même mis en pensée, mais quelque chose de néanmoins réel qui traversait leur conscience comme le chant de l'oiseau indigène, le parfum de la violette, l'haleine du matin.

L'instant de reconnaissance de l'âme passa puis chacun reprit possession de lui-même, mais ce fut la femme qui parla la première.

"Je me sens beaucoup plus respectable", rit-elle agréablement. "Où est mon vicieux petit cheval ? N'est-il pas temps que nous rentrions ?"

Puis un nuage d'inquiétude apparut sur l'éclat du visage de l'homme.

"C'est ce que je venais vous dire ", dit-il d'un ton troublé. "La méchante petite bête a rongé ses entraves et s'est enfuie. On ne peut pas le voir de loin. Il a dû s'enfuir pendant que nous étions en train de dîner, car il grignotait de l'herbe assez paisiblement avant que vous ne vous réveilliez. " J'ai eu tort de ne pas le sécuriser davantage. L'entrave était vieille et usée, mais la meilleure que j'avais. Je suis revenu pour vous dire que je devais le poursuivre immédiatement. Vous n'aurez pas peur de le faire. restez seul un petit moment, voulez-vous ? Mon cheval s'est reposé. Je pense que je devrais pouvoir le rattraper.

V
LE SENTIER

Mais le regard horrifié dans les yeux de la jeune fille l'arrêta.

Elle jeta un rapide regard effrayé autour d'elle, puis ses yeux le supplièrent. Toute la terreur de la nuit seule dans l'étendue lui revint. Elle entendit à nouveau le hurlement des coyotes et aperçut les longues ombres sombres dans le canyon. Elle était blanche jusqu'aux lèvres à cette pensée.

"Oh, ne me laisse pas tranquille !" dit-elle en essayant de parler courageusement. "Je n'ai pas l'impression que je pourrais le supporter. Il y a des bêtes sauvages dans les parages" - elle jeta un coup d'œil furtif derrière elle comme si, même maintenant, on la traquait sournoisement - "c'était affreux, affreux ! Leurs hurlements ! Et il est si seul ici !... Je n'ai jamais été seul auparavant !

Il y avait quelque chose dans son impuissance attrayante qui lui donnait une folle envie de se baisser, de la prendre dans ses bras et de lui dire qu'il ne la quitterait jamais tant qu'elle le désirerait. Les couleurs allaient et venaient dans son beau visage bronzé, et ses yeux devenaient tendres avec émotion.

"Je ne te quitterai pas", dit-il doucement, "pas si tu ressens cela, même s'il n'y a vraiment aucun danger ici pendant la journée. Les créatures sauvages sont très timides et ne se montrent que la nuit. Mais si je ne trouve pas "Votre cheval, comment allez-vous retourner rapidement auprès de vos amis ? Vous avez parcouru une longue distance et vous ne pourriez pas monter seul."

Son visage devint troublé.

"Je ne pourrais pas marcher ?" » suggéra-t-elle. "Je suis un bon marcheur. J'ai parcouru cinq miles à la fois à plusieurs reprises."

"Nous sommes à au moins quarante milles de la voie ferrée," lui sourit-il en retour, "et la route est difficile, au-dessus d'une montagne par le chemin le plus proche. Votre cheval doit en effet avoir été déterminé à vous emmener aussi loin en une journée. Il est évidemment un nouvel achat de Shag et est déterminé à retourner dans sa bruyère natale. Les chevaux le font parfois. C'est leur instinct. Je vais vous dire ce que je vais faire. Il se peut qu'il ne soit descendu dans la vallée que pour le point d'eau. Il y en a un pas loin, je pense. Je vais aller au bord de la mesa et voir. S'il n'est pas loin, vous pouvez m'accompagner après lui. Asseyez-vous ici et regardez-moi . Je ne sortirai pas de votre vue ou de votre ouïe, et je ne serai pas parti cinq minutes. Vous n'aurez pas peur ?

Elle s'assit docilement là où il le lui demandait, les yeux écarquillés de peur, car elle redoutait la solitude du désert plus que toute autre peur qui l'avait jamais visitée auparavant.

"Je promets que je n'irai pas au-delà de votre vue et de votre appel", la rassura-t-il et, avec un sourire, il se tourna vers son propre cheval et, se mettant en selle, il galopa rapidement jusqu'au bord de la mesa.

Elle le regardait s'éloigner, ses craintes presque oubliées dans son admiration pour lui, son cœur battant étrangement au souvenir de son sourire. La protection de celle-ci semblait s'attarder derrière lui et apaiser son anxiété.

Il chevaucha tout droit vers l'est, puis tourna plus lentement et contourna l'horizon, chevauchant vers le nord le long du bord de la mesa. Elle le vit se protéger les yeux avec sa main et détourner le regard dans toutes les directions. Finalement , après un regard prolongé vers le nord, il fit rouler son cheval et revint rapidement vers elle.

Son visage était grave alors qu'il descendait de cheval.

"Je l'ai aperçu", dit-il, "mais cela ne sert à rien. Il a trois ou quatre milles de départ et une colline raide à gravir. Lorsqu'il atteint le sommet de la mesa suivante, il a une route droite devant lui, et probablement Après cela, je descendrai la colline. Il me faudra peut-être trois ou quatre heures pour le rattraper et la question est de savoir si je pourrais le faire à ce moment-là. Nous devrons le renvoyer de nos arrangements et nous entendre avec Billy. Vous sentez-vous capable de rouler maintenant ? Ou devrais-tu te reposer encore ?

"Oh, je peux monter à cheval, mais... je ne peux pas prendre ton cheval. Que vas-tu faire ?"

"Je ferai bien", répondit-il en souriant à nouveau; "seulement notre progression sera plus lente que si nous avions les deux chevaux. Quel dommage que je n'aie pas enlevé sa selle ! Cela aurait été plus confortable pour vous que cela. Mais je cherchais si anxieusement le cavalier que j'en ai pris peu. faites attention au cheval, sauf pour l'entraver à la hâte. Et quand je t'ai trouvé tu avais besoin de toute mon attention. Maintenant, je vous conseille de vous allonger et de vous reposer jusqu'à ce que je fasse mes bagages. Cela ne me prendra pas longtemps. »

Elle se recroquevilla docilement pour se reposer jusqu'à ce qu'il soit prêt à replier la toile sur laquelle elle était allongée, et observa ses mouvements faciles alors qu'il assemblait les quelques articles du sac et arrangeait la selle pour son confort. Puis il se dirigea vers elle.

"Avec votre permission," dit-il en se baissant, il la souleva légèrement dans ses bras et la plaça sur le cheval.

"Je vous demande pardon", dit-il, "mais vous n'êtes pas à la hauteur de l'effort nécessaire pour monter de la manière habituelle. Vous aurez besoin de toute votre force pour monter. Vous êtes plus faible que vous ne le pensez."

Son rire s'étendit faiblement.

"Tu me fais me sentir comme un bébé insignifiant. Je ne savais pas ce qui se passait jusqu'à ce que tu m'accueilles. Tu dois avoir la force d'un géant. Je ne me suis jamais senti aussi petit auparavant."

"Tu n'es pas un lourd fardeau", dit-il en souriant. "Maintenant, es-tu tout à fait à l'aise ? Si c'est le cas, nous allons commencer."

Billy cambra le cou et tourna fièrement la tête pour observer son nouveau cavalier, un air amical sur son visage bai et dans son œil bienveillant.

"Oh, n'est-il pas une beauté !" s'exclama la jeune fille en tendant une main timide pour lui tapoter le cou. Le cheval s'inclina et parut presque sourire. Brownleigh remarqua l'éclat d'un splendide bijou sur la petite main.

"Billy est mon bon ami et mon compagnon constant", a déclaré le missionnaire. "Nous avons affronté des journées longues et difficiles ensemble. Il veut que je te dise maintenant qu'il est fier de te ramener auprès de tes amis."

Billy s'inclina de haut en bas et sourit à nouveau, et Hazel éclata de rire de plaisir. Puis son visage redevint sobre.

"Mais tu devras marcher", dit-elle. "Je ne peux pas prendre ton cheval et te laisser marcher. Je ne ferai pas ça. Je vais marcher avec toi."

"Et utiliser toute ta force pour ne même pas pouvoir monter à cheval ?" dit-il agréablement. "Non, je ne pouvais pas permettre ça, tu sais, et je suis heureux de marcher avec un compagnon. La vie d'un missionnaire est parfois assez solitaire, tu sais. Allons, Billy, il faut commencer, car nous voulons faire un bon voyage." dix milles avant de nous arrêter pour nous reposer si notre invité peut supporter le voyage.

D'un pas majestueux , comme s'il savait qu'il portait une princesse, Billy sursauta ; et à pas longs et faciles, Brownleigh marchait à ses côtés, toujours attentif au chemin et observant furtivement le visage de la jeune fille, dont il savait bien que la force devait être extrêmement limitée après sa chevauchée de la veille.

Au sommet de la mesa, regardant vers les grandes montagnes et la vaste étendue de nuances et de couleurs apparemment infinies , Hazel inspira son souffle avec émerveillement devant la beauté de la scène. Son compagnon attira son attention sur tel ou tel point d'intérêt. La fine ligne sombre qui traversait la plaine était en mesquite. Il lui raconta qu'une fois qu'ils y seraient entrés, l'eau semblerait s'étendre considérablement, comme si elle remplissait toute la vallée, et qu'en regardant en arrière, la pente herbeuse en contrebas d'eux semblerait être une insignifiante traînée jaune. Il lui dit qu'il en était toujours ainsi dans ce pays, que le genre de paysage que l'on traverse remplit toute la vue et semble être la seule chose dans la vie. Il a dit qu'il supposait qu'il en était ainsi dans toutes nos vies, que le présent immédiat remplissait toute la vision de l'avenir jusqu'à ce que nous arrivions à autre chose ; et le regard dans ses yeux la fit se détourner du paysage et s'interroger sur lui et sa vie.

Puis il se baissa et désigna un bouquet de yucca glauque, et, paresseusement, brisa un morceau d'un autre buisson et le lui tendit.

"Les Indiens l'appellent 'l'herbe qui n'a pas peur'", a-t-il déclaré. "N'est-ce pas un nom étrange et suggestif ?"

"Ça doit vraiment être une petite herbe courageuse de vivre ici toute seule sous ce ciel terriblement grand. Je n'aimerais pas ça même si je n'étais qu'une mauvaise herbe," et elle regarda autour d'elle et frissonna à la pensée de sa chevauchée effrayante seule. la nuit. Mais elle glissa la petite branche de vert courageux dans la boutonnière de sa tenue de cheval et elle paraissait d'une lignée plus fière que n'importe quelle mauvaise herbe alors qu'elle reposait sur la belle obscurité du riche tissu vert. Pendant un instant, le missionnaire étudia la photo de la charmante jeune fille à cheval et oublia qu'il n'était qu'un missionnaire. Puis, en sursaut, il reprit ses esprits. Ils devaient avancer, car le soleil avait déjà dépassé son zénith et le chemin était long devant eux. Ses yeux s'attardèrent avec nostalgie sur l'éclat de ses cheveux là où le soleil les touchait en or bruni. Puis il se souvint.

"Au fait, est-ce à toi ?" » demanda-t-il en sortant de sa poche le petit bonnet de velours.

"Oh, où l'as-tu trouvé ?" s'écria-t-elle en le posant sur sa tête comme un morceau de velours dans une couronne. "Je l'ai déposé devant une toute petite cabane lorsque mon dernier espoir s'est envolé. J'ai appelé et appelé mais le vent m'a renvoyé la voix dans la gorge et personne n'est sorti pour me répondre."

"C'était ma maison", dit-il. "Je l'ai trouvé sur un buisson de sauge à quelques mètres de ma propre porte. Aurais-je été chez moi pour répondre à ton appel !"

"Ta maison!" s'exclama-t-elle, émerveillée. "Oh, eh bien, ça n'aurait pas pu être le cas. Ce n'était pas assez grand pour que quelqu'un - pas quelqu'un comme vous - puisse y vivre. Eh bien, ce n'était rien de plus qu'un - un hangar, - juste une petite cabane en planches. ".

« Exactement ; ma cabane ! » » dit-il à moitié en s'excusant, à moitié en plaisantant. "Vous devriez voir l'intérieur. Ce n'est pas si grave qu'il y paraît. J'aimerais seulement pouvoir vous emmener par là, mais le fait est que c'est un peu à l'écart de la voie ferrée, et nous devons prendre le raccourci si nous voulons raccourcissez l'inquiétude de votre père. Vous sentez-vous capable d'aller plus loin maintenant ?

"Oh, oui, tout à fait ", dit-elle avec un soudain trouble au visage. " Papa sera très inquiet, et tante Maria… oh, tante Maria sera folle d'anxiété. Elle me dira que c'est exactement ce qu'elle attendait de mes sorties à cheval dans ce pays païen. Elle m'a prévenu de ne pas y aller. Elle a dit que ce n'était pas féminin."

Au fur et à mesure qu'ils avançaient, elle lui raconta tout sur son peuple, décrivant ses petites particularités ; sa tante, son frère, son père, sa servante et même le gros cuisinier. Le jeune homme eut bientôt l'image de la voiture privée avec tout son luxe, et le récit des jours de voyage qui avaient été un long conte de fées de plaisir. Seul l'homme Hamar n'était pas mentionné ; mais le missionnaire ne l'avait pas oublié. D'une manière ou d'une autre, il avait pris de l'aversion pour lui dès la première mention de son nom. Il lui reprocha farouchement de ne pas s'être adressé à la jeune fille, tout en bénissant la fortune qui lui avait accordé cet honneur .

Ils descendaient maintenant dans le canyon, mais pas par le sentier escarpé sur lequel le poney l'avait emmenée la nuit précédente. Cependant , c'était assez difficile et la descente, même si elle se déroulait au cœur même de l'entrepôt de beauté de la nature, effrayait Hazel. Elle s'élançait à chaque endroit escarpé et s'agrippait sauvagement à la selle, enfonçant durement ses dents blanches sous sa lèvre jusqu'à ce qu'elle devienne blanche et tendue. Son visage était également blanc, et un soudain évanouissement sembla l'envahir. Brownleigh le remarqua instantanément, et marchant près du cheval, guidant soigneusement chacun de ses pas, il passa son bras libre autour d'elle pour la stabiliser, et lui ordonna de se pencher vers lui et de ne pas avoir peur.

Sa force la stabilisait et lui donnait confiance ; et sa voix agréable, lui soulignant les beautés du chemin, l'aida à oublier sa frayeur. Il lui fit lever les yeux et lui montra comment les grandes fougères pendaient en frange de vert au sommet des rochers nus au-dessus, leurs délicates dentelles se détachant comme des chants verts sur le bleu du ciel. Il lui montra une grotte dans les rochers bien au-dessus et lui parla des habitants d'autrefois qui l'avaient creusée pour en faire leur maison ; des haches de pierre et des jarres d'argile, des moulins à maïs et des sandales tressées en yucca qu'on y trouva ; et d'autres maisons troglodytes curieuses dans cette partie du pays ; donnant en réponse à ses questions beaucoup d'informations curieuses, dont elle n'avait jamais entendu parler auparavant.

Puis, quand ils furent assez bas dans l'ombre du canyon, il lui apporta une gorgée d'eau de source rafraîchissante dans la tasse en fer blanc, et la soulevant inopinément du cheval, la fit asseoir dans un endroit moussu où se regroupaient de douces fleurs, et se reposer pendant un moment. quelques minutes, car il savait que la descente du sentier escarpé avait été terriblement éprouvante pour ses nerfs.

Pourtant, toutes ses attentions envers elle, qu'il s'agisse de la soulever de la selle ou de l'entourer de ses bras pour la soutenir en chemin, étaient accomplies avec une grâce et une courtoisie telles qu'elles ôtaient toute personnalité à son contact, et elle s'en émerveillait . pendant qu'elle s'asseyait et se reposait et le regardait de loin arroser Billy à un petit ruisseau bruyant qui bavardait à travers le canyon.

Il la remit sur le cheval et ils se frayèrent un chemin à travers la fraîcheur et la beauté du canyon qui serpentait le long du petit ruisseau, se faufilant parmi les arbres, les rochers et les endroits accidentés jusqu'à ce qu'enfin, en fin d'après-midi, ils ressortit dans la plaine.

Le missionnaire regardait le soleil avec inquiétude. Il lui avait fallu plus de temps que prévu pour traverser le canyon. Le jour déclinait. Il fit mettre Billy au trot et s'installa dans une longue course athlétique à ses côtés, tandis que les joues de la jeune fille rougissaient sous l'effet de l'exercice et du vent, et que son admiration pour son escorte grandissait.

"Mais tu n'es pas très fatigué ?" » demanda-t-elle enfin quand il ralentit et fit marcher Billy à nouveau. Billy, d'ailleurs, avait énormément apprécié la course. Il pensait passer un bon moment avec une princesse sur le dos et son maître bien-aimé qui le suivait. Il était alors sûr qu'ils ramèneraient la princesse à la maison pour qu'elle soit là pour les accueillir à tous leurs retours ultérieurs. Son sens chevalin était arrivé à une conclusion hâtive et avait approuvé de tout cœur.

"Fatigué!" répondit Brownleigh en riant ; "Pas consciemment. Je suis moi-même bon pour plusieurs kilomètres. Je n'ai pas passé un aussi bon moment depuis trois ans, pas depuis que j'ai quitté la maison et ma mère," ajouta-t-il doucement, avec révérence.

Il y avait un regard dans ses yeux qui donnait envie à la jeune fille d'en savoir plus. Elle le regarda attentivement et demanda :

"Oh, alors tu as une mère !"

"Oui, j'ai une mère, une mère merveilleuse !" Il souffla ces mots comme une bénédiction. La jeune fille le regarda avec admiration. Elle n'avait pas de mère. Le sien était mort avant qu'elle puisse s'en souvenir. Tante Maria était sa seule idée des mères.

"Est-ce qu'elle est là ?" elle a demandé.

"Non, elle est chez elle dans le New Hampshire, dans une petite ville de campagne tranquille, mais c'est une mère merveilleuse."

"Et tu n'as personne d'autre, aucune autre famille ici avec toi ?"

Hazel ne réalisait pas avec quelle anxiété elle attendait la réponse à cette question. D'une manière ou d'une autre, elle éprouvait une aversion jalouse à l'égard de quiconque pourrait lui appartenir, même une mère, et une pensée soudaine d'une sœur ou d'une femme qui pourrait partager la petite cabane avec lui lui fit observer son visage attentivement. Mais la réponse fut rapide, avec presque une ombre comme un profond désir sur son visage :

"Oh non, je n'ai personne. Je suis tout seul. Et parfois, sans les lettres de ma mère, cela me semblerait bien loin de chez moi."

La jeune fille ne savait pas pourquoi c'était si agréable de savoir cela, et pourquoi son cœur s'emballait instantanément en sympathie pour lui.

"O- oo !" dit-elle doucement. "Parle-moi de ta mère, s'il te plaît!"

C'est ainsi qu'il lui parla, tout en marchant à ses côtés, de sa mère invalide dont le corps fragile et ses besoins la liaient sur un canapé dans son ancienne maison de Nouvelle-Angleterre, impuissante et soigneusement soignée par une infirmière dévouée qu'elle aimait et qui l' aimait. Son grand esprit s'était élevé jusqu'au sacrifice d'envoyer son fils unique dans le désert pour la mission qu'il avait choisie.

Ils avaient gravi une longue colline en pente et, au point culminant de l'histoire, avaient atteint le sommet et pouvaient à nouveau regarder à l'étranger, sur une vaste étendue de pays. Il semblait aux yeux de Hazel que les royaumes du monde entier s'étendaient devant son regard émerveillé. Un brillant coucher de soleil répandait une grande lumière argentée derrière les montagnes violettes de l'ouest, rouges et bleues dans une somptuosité flamboyante, avec des vagues de nuages blancs flottant au-dessus, et au-dessus, en contraste frappant, le ciel était noir de velours sous l'effet de la tempête. Au sud, la pluie tombait en une pluie brillante comme de l'or jaune, et à l'est, deux autres taches de pluie étaient roses comme les pétales de quelques fleurs merveilleuses, et se courbaient au-dessus d'elles comme un demi-arc-en-ciel. En se tournant légèrement vers le nord, on voyait la pluie tomber des nuages bleu foncé en grandes traînées de lumière blanche.

"Oh- oo !" souffla la jeune fille ; "Comme c'est merveilleux ! Je n'ai jamais rien vu de pareil auparavant."

Mais le missionnaire n'eut pas le temps de répondre. Il commença rapidement à détacher la toile de derrière la selle, observant les nuages ce faisant.

"Nous allons avoir une mouiller, j'en ai peur", dit-il en regardant anxieusement son compagnon.

VI
CAMP

Cela arriva en effet avant qu'il ne soit tout à fait prêt, mais il réussit à jeter la toile sur le cheval et la dame, lui ordonnant de la tenir d'un côté pendant que lui, debout sous la tente improvisée, tenait l'autre côté, laissant une ouverture devant. Ils manquèrent d'air, et ils parvinrent ainsi à rester assez secs, tandis que deux tempêtes se rencontrèrent au-dessus d'eux et déversèrent sur eux un torrent.

La jeune fille éclata de rire lorsque les premières grandes éclaboussures frappèrent son visage, puis se retira dans l'abri comme on lui l'avait demandé et resta assise à regarder tranquillement et à s'interroger sur tout cela.

Elle était là, une fille de la société soigneusement élevée, qui jusqu'à présent n'osait jamais dépasser les limites des conventions, assise loin de tous ses amis et parents dans une vaste plaine désertique, sous un morceau de toile, avec le bras d'un étrange missionnaire autour. elle, et assise avec autant de sécurité et de contentement, voire de bonheur, que si elle avait été dans son propre fauteuil rembourré dans son boudoir new-yorkais. Il est vrai que le bras était autour d'elle dans le but de maintenir la toile et de la protéger de la pluie, mais il y avait en lui une merveilleuse sécurité et un sentiment de force qui la remplissait d'une étrange joie nouvelle et lui faisait souhaiter que les éléments de l'univers pourrait continuer à faire rage un peu plus longtemps autour de sa tête, si elle pouvait ainsi continuer à ressentir la force de cette belle présence près d'elle et autour d'elle. Une grande lassitude l'envahissait et c'était le repos et le contentement, alors elle chassa toutes autres pensées de son esprit pour le moment et s'appuya contre le bras fort, pleinement consciente de sa sécurité au milieu des perturbations des éléments.

Le missionnaire avait le regard tourné vers le haut. Aucun mot ne passa entre eux alors que le panorama de la tempête défilait. Dieu seul savait ce qui se passait dans son âme, et comment de cette chère proximité de la belle jeune fille était né un grand désir de l'avoir toujours près de lui, son droit de la protéger toujours des tempêtes de la vie.

Mais c'était un homme d'une grande maîtrise de soi. Il soumettait même ses pensées à une puissance supérieure, et tandis que le souhait sauvage de son cœur le balayait de manière exquise , il se tenait calmement et le rendait au ciel comme s'il savait qu'il s'agissait d'un souhait errant, d'une mise à l'épreuve de son vrai moi. .

Au premier instant de soulagement, il retira son bras. Il n'osa pas tenir la toile une seule seconde après que le vent se soit calmé, et elle l'en appréciait davantage, et sentit sa confiance en lui grandir plus profondément alors qu'il secouait doucement les gouttes de pluie de leur abri temporaire.

La pluie n'avait duré que quelques minutes, et à mesure que les nuages se dissipaient, la terre s'éclaircit pendant un espace. Se fondant doucement dans l'argent, l'améthyste et l'émeraude du ciel, l'arc-en-ciel s'estompa et maintenant ils se dépêchèrent, car Brownleigh souhaitait atteindre un certain endroit où il espérait trouver un abri sec pour la nuit. Il vit que l'excitation du voyage et la tempête avaient épuisé les forces de la jeune fille et qu'elle avait besoin de repos, alors il poussa le cheval en avant et se précipita à ses côtés.

Mais soudain, il arrêta le cheval et regarda fixement le visage de son compagnon dans la lumière mourante.

"Vous êtes très fatigué", dit-il. "Tu peux à peine rester assis."

Elle sourit faiblement.

Tout son corps s'affaissait de lassitude et un étrange malaise la prenait.

"Nous devons nous arrêter ici", dit-il en cherchant autour de lui un endroit approprié. "Eh bien, ça fera l'affaire. Voici un endroit sec, l'abri de ce gros rocher. La pluie venait de l'autre côté, et le sol ici n'a même pas été arrosé. Ce groupe d'arbres fera l'affaire pour une pièce privée pour Nous ferons bientôt du feu et dînerons et alors tu te sentiras mieux.

Sur ce, il ôta son manteau et, l'étendant sur le sol à l'abri sec d'un grand rocher, souleva la jeune fille tombante de la selle et la posa doucement sur le manteau.

Elle ferma les yeux avec lassitude et se laissa tomber. En vérité, elle était plus près de s'évanouir qu'elle ne l'avait jamais été dans sa vie, et le jeune homme s'empressa de lui administrer un réparateur qui redonna la couleur à ses joues pâles.

"Ce n'est rien", murmura-t-elle en ouvrant les yeux et en essayant de sourire. "J'étais juste fatigué et j'avais mal au dos à force de rouler."

"Ne parle pas!" dit-il doucement. "Je vais te donner quelque chose pour te réconforter dans une minute."

Il rassembla rapidement des bâtons et alluma bientôt un feu flamboyant non loin de l'endroit où elle gisait, dont la lueur jouait sur son visage et ses cheveux dorés, tandis qu'il préparait une deuxième tasse d'extrait de bœuf et bénissait la fortune qui l'avait fait remplir. sa cantine avec de l'eau à la source du canyon, car l'eau n'était peut-être pas très proche, et il pensait que devoir déplacer la jeune fille plus loin cette nuit-là serait un désastre. Il pouvait voir qu'elle était presque épuisée. Mais tandis qu'il préparait le dîner, Billy, qui était entravé mais tout à fait capable de se déplacer lentement, avait découvert un point d'eau pour lui-même et avait réglé cette difficulté. Brownleigh poussa un soupir de soulagement et sourit joyeusement en voyant son patient revivre sous l'influence de la boisson chaude et de quelques minutes de repos.

"Je suis tout à fait capable d'aller un peu plus loin", dit-elle en se redressant avec effort, "si vous pensez que nous devrions aller plus loin ce soir. Je ne me sens vraiment plus mal du tout . "

Il sourit avec soulagement.

"Je suis tellement content", dit-il; " J'avais peur de t'avoir fait voyager trop loin. Non, nous n'irons pas plus loin avant le jour, je pense. C'est un endroit aussi bon qu'un autre pour camper, et l'eau n'est pas loin. Tu trouveras ton boudoir juste à l'intérieur. ce groupe d'arbres, et dans environ une demi-heure la toile sera bien sèche pour ton lit. Je l'ai étalée, tu vois, près du feu de l'autre côté là. Et elle n'était pas mouillée partout . La couverture était abritée. Elle sera chaude et sèche. Je pense que nous pouvons vous mettre à l'aise. Avez-vous déjà dormi à la belle étoile auparavant, c'est-à-dire, bien sûr, à l'exception de la nuit dernière ? Je ne suppose pas que vous j'ai vraiment apprécié cette expérience."

Hazel frémit à cette pensée.

"Je ne me souviens pas de grand-chose, seulement d'horribles ténèbres et de hurlements. Ces créatures viendront-elles par ici , à votre avis ? J'ai l'impression que je devrais mourir de peur si je dois les entendre à nouveau."

"Vous pouvez les entendre au loin, mais pas à proximité", répondit-il d'un ton rassurant ; "Ils n'aiment pas le feu. Ils ne s'approcheront pas de vous et ne vous dérangeront pas. De plus, je serai à portée de main toute la nuit. J'ai l'habitude d'écouter et de me réveiller la nuit. Je garderai un feu vif allumé."

"Mais toi, toi, que vas-tu faire ? Tu compte me donner la toile et la couverture, et rester toi-même éveillé en faisant la garde. Tu as marché toute la journée pendant que je chevauchais, et tu as aussi été nourrice et cuisinière, alors que je n'ai été bon à rien. Et maintenant tu veux que je me repose confortablement toute la nuit pendant que tu es assis.

Il y eut une sonnerie dans la voix du jeune homme lorsqu'il lui répondit qui la ravit jusqu'au cœur.

"Tout ira bien", dit-il, et sa voix était positivement joyeuse, "et je passerai la plus belle nuit de ma vie à prendre soin de toi. Je considère cela comme un privilège. J'ai souvent dormi seul sous les étoiles. sans personne pour me protéger, et j'ai ressenti la solitude. Maintenant, j'aurai toujours cela à me rappeler. De plus, je ne m'assoirai pas. J'ai l'habitude de me jeter n'importe où. Mes vêtements sont chauds et ma selle est habituée à me servir de un oreiller. Je dormirai et me reposerai, et pourtant je serai toujours en alerte pour entretenir le feu et entendre tout bruit qui s'approche. Il parlait comme s'il racontait le plan d'une délicieuse récréation, et la jeune fille resta allongée et regarda son beau visage dans le jeu de la lueur du feu et s'en réjouit. D'une manière ou d'une autre, il y avait quelque chose de très doux dans la compagnie seule dans le vaste silence avec cet ami étranger. Elle se sentait heureuse de l'immensité du désert et du calme de la nuit qui fermait le monde et rendait possible leur relation la plus inhabituelle pendant un petit moment. Un grand désir l'habitait de connaître davantage et de mieux comprendre la belle personnalité de cet homme qui était un homme parmi les hommes, elle en était convaincue.

Soudain, alors qu'il venait s'asseoir près du feu non loin d'elle après avoir servi les quelques plats du dîner, elle éclata en lui posant une question :

"Pourquoi as-tu fait ça?"

Il se tourna vers ses yeux remplis d'un profond contenu et demanda : « Faire quoi ?

"Viens ici ! Soyez missionnaire ! Pourquoi l'avez-vous fait ? Vous êtes apte à de meilleures choses. Vous pourriez remplir une grande église de ville, ou... même faire d'autres choses dans le monde. Pourquoi l'avez-vous fait ?"

La lumière du feu vacillait sur son visage et montrait ses traits fins et forts dans une expression de sentiment profond qui lui donnait un air exalté. Il y avait une lumière dans ses yeux qui était plus que celle d'un feu alors qu'il les leva vers le haut d'un rapide coup d'œil et dit doucement, comme s'il s'agissait de la chose la plus simple de l'univers :

"Parce que mon Père m'a appelé à ce travail. Et... je doute qu'il puisse y avoir mieux. Écoute!"

Et puis il lui raconta son travail tandis que le feu brûlait joyeusement et que le crépuscule devenait plus profond, jusqu'à ce que la lune montre clairement son orbe d'argent chevauchant haut dans les cieux étoilés.

La voix lugubre des coyotes résonnait au loin, mais la jeune fille n'était pas effrayée, car ses pensées étaient retenues par l'histoire de l'étrange race enfantine pour laquelle cet homme parmi les hommes donnait sa vie.

Il lui parla des hogans indiens, petites huttes rondes construites en rondins de bois et inclinées vers un centre commun recouvert de chaume et de paille, une ouverture pour une porte et une autre dans le haut pour laisser s'échapper la fumée du feu, une ouverture en terre battue. sol, pas de meubles mais quelques couvertures, des peaux de mouton et de la vaisselle en fer blanc. Il la transporta en imagination jusqu'à l'un de ces hogans où reposait la petite jeune fille indienne mourante et rendit l'image de leur vie stérile si vivante que les larmes lui montèrent aux yeux pendant qu'elle écoutait. Il parla des guérisseurs, de l'ignorance et de la superstition, des danses du serpent et des rites païens ; l'homme sauvage, poétique et conservateur du désert avec sa méfiance, son grand cœur aimant, ses espoirs brisés et ses aspirations aveugles ; jusqu'à ce que Hazel commence à comprendre qu'il les aimait vraiment, qu'il avait vu en eux la possibilité de la grandeur et qu'il avait envie de l'aider à la développer.

Il lui parla du sabbat qui venait de passer, alors qu'en compagnie de son missionnaire voisin éloigné , il était parti en tournée d'évangélisation parmi les tribus éloignées de la station missionnaire. Il imaginait les Indiens assis sur des rochers et des pierres au milieu des longues ombres des cèdres, juste avant le coucher du soleil, écoutant un sermon. Il leur avait rappelé leur dieu indien Begochiddi et Nilhchii que les Indiens croient avoir créé toutes choses, celui-là même que les hommes blancs appellent Dieu ; et leur montra un livre appelé la Bible qui racontait l'histoire de Dieu et de Jésus son Fils venu sauver les hommes de leur péché. Aucun Indien n'avait jamais entendu le nom de Jésus auparavant, ni rien connu de la grande histoire du salut.

Hazel se demanda pourquoi cela faisait une si grande différence que ces pauvres créatures ignorantes sachent tout cela ou non, et pourtant elle vit sur le visage de l'homme devant elle que cela importait infiniment. Pour lui, cela comptait plus que toute autre chose. Le souhait passager qu'elle soit indienne pour susciter ainsi son intérêt lui traversa l'esprit, mais il parlait encore de son travail, et son regard ravi la remplit d'admiration. Elle était bouleversée par la grandeur et la finesse de l'homme devant elle. Assis là, à la lueur intermittente du feu, avec sa lueur rougeoyante sur son visage, son chapeau enlevé et la lune posant une couronne d'argent sur sa tête, il semblait mi-ange, mi-dieu. Jamais elle n'avait été aussi remplie de la joie de revoir une autre âme. Elle n'avait aucune place pour penser à autre chose.

Puis soudain, il se rappela qu'il était tard.

"Je t'ai tenu éveillée bien trop longtemps", dit-il pénitent, en la regardant avec un sourire qui semblait tout en tendresse. "Nous devons partir dès qu'il fait jour, et je vous ai fait m'écouter quand vous auriez dû dormir. Mais j'aime toujours avoir une parole avec mon Père avant de me coucher. Aurons-nous notre culte ensemble?"

Hazel, submergée par l'émerveillement et l'embarras, acquiesça et resta immobile dans son endroit abrité, le regardant tandis qu'il sortait un petit livre en cuir de sa poche de poitrine et l'ouvrait à l'endroit marqué par un petit cordon de soie. Puis, attisant le feu, il commença à lire et les paroles majestueuses du quatre-vingt-onzième psaume parvinrent à ses oreilles inhabituelles comme une page charmée.

"Celui qui habite dans le lieu secret du Très-Haut demeurera à l'ombre du Tout-Puissant."

"Il te couvrira de ses plumes et tu te confieras sous ses ailes." Les mots ont été prononcés avec un ton de confiance retentissant. L'auditrice savait peu de choses sur les oiseaux et leurs mœurs, mais la formulation lui rappelait la façon dont elle avait été protégée de la tempête peu de temps auparavant et son cœur palpitait à nouveau à cette pensée.

"Tu n'auras pas peur de la terreur nocturne!"

Ah ! Terreur la nuit ! Elle savait ce que cela signifiait. Cette horrible nuit d'obscurité, de chevauchement escarpé, de bêtes hurlantes et d'oubli noir ! Elle frémit involontairement à ce souvenir. Pas peur! Quelle confiance avait la voix lorsqu'elle résonnait, et tout d'un coup elle sut que cette nuit était sans terreur pour elle grâce à l'homme qui avait confiance dans l'Invisible.

"Il donnera des ordres à ses anges sur toi ", et en le regardant, elle s'attendait à moitié à voir des ailes battantes dans le fond éclairé par la lune. Comme ce visage est fort et vrai ! Comme les rides autour de la bouche sont tendres ! Quelle lueur de quiétude intérieure et de puissance dans les yeux alors qu'il les levait de temps en temps vers son visage à travers la lueur du feu ! Quelle chose ce serait d'avoir toujours un ami comme celui-là pour en garder un ! Ses yeux brillèrent doucement à cette pensée et une fois de plus, le contraste entre cet homme et celui qu'elle avait fui avec horreur la veille lui traversa l'esprit.

La lecture terminée, il replaça le petit marqueur, et tombant à genoux dans le désert, le visage levé vers le ciel et tout l'éclat de la lune l'inondant de lui, il parla à Dieu comme un homme parle avec son ami, face à face. .

Hazel était allongée, les yeux ouverts et étonnés, et l'observait, la crainte grandissant en elle. Le sentiment d'une Présence invisible à portée de main était si fort qu'un jour elle leva des yeux à moitié effrayés vers le grand ciel clair. La lumière sur le visage du missionnaire semblait être une gloire venue d'un autre monde.

Elle se sentait enveloppée et élevée dans la Présence de l'Infini par ses paroles, et il n'oubliait pas de confier ses proches aux soins du Tout-Puissant. Une grande paix l'envahit alors qu'elle écoutait ces paroles simples et sérieuses et un sentiment de sécurité tel qu'elle n'en avait jamais connu auparavant.

Après la brève prière, il se tourna vers elle avec un sourire et quelques mots d'assurance sur la nuit. Il y avait sa loge derrière ces arbres, et elle n'avait pas à avoir peur ; il ne serait pas loin. Il garderait le feu allumé toute la nuit pour qu'elle ne soit pas gênée par les hurlements imminents des coyotes. Puis il s'éloigna pour ramasser plus de bois, et elle l'entendit chanter, doucement d'abord, puis de plus en plus fort à mesure qu'il s'éloignait, sa riche voix de ténor résonnant clairement dans la nuit dans un vieil hymne. Les mots revenaient distinctement à ses oreilles attentives :

"Mon Dieu, chaque heure est-elle si douce

De l'aube à l'étoile du soir,

Comme ce qui m'appelle à tes pieds,

L'heure de la prière ?

« Alors ma force est renouvelée grâce à Toi ;

Alors mes péchés sont pardonnés par toi ;

Alors tu réjouis ma solitude

Avec des espoirs de paradis.

"Aucun mot ne peut dire quel doux soulagement

Je trouve là pour chacun de mes désirs ;

Quelle force pour la guerre, quel baume pour le chagrin,

Quelle tranquillité d'esprit !"

Elle s'est allongée pour la nuit, toujours émerveillée par l'homme. Il chantait ces mots comme s'il s'adressait à tout le monde, et elle savait qu'il possédait quelque chose qui le différenciait des autres hommes. Qu'est-ce que c'était? Il lui semblait qu'il était le seul homme sur toute la terre, et comment se faisait-il qu'elle l'ait trouvé ici, seul, dans le désert ?

Les grandes étoiles brillaient vivement dans le ciel au-dessus d'elle, le rayonnement blanc de la lune l'entourait, la lueur du feu jouait à ses pieds. Au loin, elle entendait les hurlements des coyotes, mais elle n'avait pas peur.

Elle pouvait voir les larges épaules de l'homme alors qu'il se penchait de l'autre côté du feu pour jeter du bois. Bientôt, elle sut qu'il s'était jeté la tête sur la selle, mais elle l'entendait encore fredonner doucement quelque chose qui ressemblait à une berceuse. Lorsque la lueur du feu s'éclaira, elle montra son beau profil.

Non loin de là, elle pouvait entendre Billy tondre l'herbe, et dans tout le vaste univers ouvert, il semblait régner un grand et paisible silence. Elle était très fatiguée et ses paupières se fermaient. La dernière chose dont elle se souvenait était une phrase qu'il avait lue dans le petit livre : « Il donnera des ordres à ses anges... » et elle se demanda s'ils étaient quelque part maintenant.

C'était tout jusqu'à ce qu'elle se réveille brusquement avec la conscience qu'elle était seule et qu'à proximité se poursuivait une conversation à voix basse.

VII
RÉVÉLATION

La lune avait disparu, et l'atmosphère argentée et lumineuse s'était transformée en un bleu foncé clair, avec des ombres de la noirceur du velours ; mais les étoiles brillaient plus rouge maintenant et plus près de la terre.

Le feu vacillait toujours vivement, avec une lueur que la lune avait pâli avant de s'endormir, mais il n'y avait aucune silhouette protectrice de l'autre côté des flammes, et les anges semblaient tous avoir oublié.

À une petite distance, là où un groupe d'armoises créait une obscurité dense, elle entendit parler. L'un parlait à voix basse, tantôt implorant, tantôt expliquant, profondément sérieux, avec un mélange d'anxiété et de trouble. Elle ne pouvait entendre aucun mot. Elle semblait savoir que la voix était basse et qu'elle pourrait ne pas l'entendre ; et pourtant, cela la remplissait d'une grande peur. Que s'était-il passé ? Quelqu'un était-il venu leur faire du mal et plaidait-il pour qu'elle reste en vie ? Étrange de dire qu'il ne lui était jamais venu à l'esprit de douter de sa loyauté, aussi étrange qu'il fût. Son seul sentiment était qu'il avait peut-être été maîtrisé dans son sommeil et qu'il avait encore maintenant lui-même besoin d'aide. Que pouvait-elle faire ?

Après le premier instant d'horreur figée, elle fut en alerte. Il l'avait sauvée, elle devait l'aider. Elle ne pouvait entendre aucune autre voix que la sienne. L'ennemi parlait probablement à voix basse, mais elle savait qu'elle devait y aller immédiatement et découvrir ce qui se passait. La distance de son agréable canapé près du feu n'était que de quelques pas, mais il semblait à son cœur effrayé et à ses membres tremblants, alors qu'elle se glissait doucement vers le buisson d'armoise, que c'était des kilomètres.

enfin près du buisson, pouvait l'écarter de sa main froide et regarder dans le petit abri .

Il y avait une faible lumière à l'est, au-delà des montagnes, qui annonçait l'aube imminente, et, se découpant sur celle-ci, elle aperçut la silhouette de son sauveur, tombé sur un genou, son coude sur l'autre et son visage penché dans sa main. Elle pouvait entendre distinctement ses paroles à présent, mais il n'y avait aucun autre homme présent, même si elle fouilla attentivement l'obscurité.

"Je l'ai trouvée perdue ici dans le désert", disait-il d'une voix basse et sérieuse, "si belle, si chère ! Mais je sais qu'elle ne peut pas être pour moi. Sa vie n'a été que luxe et je ne serais pas un homme. lui demander de partager le désert ! Je sais aussi qu'elle n'est pas faite pour ce travail. Je sais que ce serait tout à fait faux, et je ne dois pas le souhaiter, mais je l'aime, même si je ne peux pas le lui dire ! Je dois sois résolu et fort, et ne lui montre pas ce que je ressens. Je dois faire face à mon Gethsémani, car cette fille m'est aussi chère que ma propre âme ! Que Dieu la bénisse et la garde, car je ne peux pas.

La jeune fille était restée figée sur place, incapable de bouger tandis que la voix basse poursuivait sa révélation, mais lorsque l'appel à une bénédiction sur elle était venu avec tout le désir puissant d'une âme qui aimait de manière absorbante, c'était comme si elle était incapable de bouger. pour le supporter, et elle se retourna et s'enfuit silencieusement vers son canapé, se glissant sous la toile, ravie, effrayée, honteuse et heureuse à la fois. Elle ferma les yeux et des larmes de joie coulèrent rapidement. Il l'aimait! Il l'aimait! Comme cette pensée la ravissait. Comment son propre cœur bondit pour rencontrer son amour. Ce fait était tout ce qu'elle pouvait contenir pour le moment et cela la remplissait d'une extase telle qu'elle n'en avait jamais connue auparavant. Elle ouvrit les yeux sur les étoiles et elles lui rendirent un grand éclat de joie. L'obscurité tranquille de la vaste terre qui l'entourait semblait soudain être devenue l'endroit le plus doux qu'elle ait jamais connu. Elle n'aurait jamais pensé qu'une telle joie puisse exister.

Peu à peu, elle calma les battements sauvages de son cœur et essaya de mettre de l'ordre dans ses pensées. Peut-être qu'elle prenait trop de choses pour acquis. Peut-être parlait-il d'une autre fille, qu'il avait rencontrée la veille. Pourtant, il semblait qu'il n'y avait aucun doute possible. Il n'y aurait pas deux filles perdues dans ce désert. Ce n'était pas possible – et son cœur lui disait qu'il l'aimait. Pouvait-elle faire confiance à son cœur ? Oh, quel malheur si c'était vrai !

Son visage brûlait aussi, de la douce honte d'avoir entendu ce qui n'était pas destiné à ses oreilles.

Puis vint l'éclair de douleur dans la joie. Il n'avait pas l'intention de lui dire. Il voulait cacher son amour – et pour elle ! Et il était assez grand pour le faire. L'homme qui pouvait sacrifier les choses chères aux autres hommes pour aller dans le désert au nom d'un peuple oublié et à moitié sauvage, pouvait tout sacrifier pour ce qu'il considérait comme juste. Ce fait se dressait comme un mur inflexible à travers la belle manière que la joie lui avait révélée. Son cœur se serra à l'idée qu'il ne devait pas lui parler de cela, et elle savait que plus que toute autre chose dans la vie, plus que tout ce qu'elle avait jamais connu, elle avait envie de l'entendre lui dire ces mots. Un demi-ressentiment l'envahit à l'idée qu'il avait révélé son secret à une autre – ce qui la préoccupait – et qu'il ne le lui ferait pas savoir.

L'examen du cœur se poursuivit, et maintenant elle arrivait au fait épineux de toute la révélation. Il y avait une autre raison, outre le souci d'elle-même, pour laquelle il ne pouvait pas lui parler de son amour, pour laquelle il ne pouvait pas lui demander de partager sa vie. Elle n'en avait pas été jugée digne. Il l'avait exprimé en termes agréables et avait dit qu'elle n'était pas à sa place, mais il aurait tout aussi bien pu le dire clairement et dire à quel point elle serait inutile dans sa vie.

Les larmes coulaient maintenant, des larmes de mortification, car Hazel Radcliffe n'avait jamais été jugée indigne d'un poste quelconque de toute sa vie. Ce n'est pas du tout qu'elle envisageait la possibilité d'accepter le poste qui ne lui était pas proposé. Son esprit surpris n'était même pas allé aussi loin ; mais son orgueil était blessé de penser qu'on pût la juger indigne.

Alors, au-dessus de tout cet état d'esprit tumultueux, surgissait le souvenir de sa voix palpitante lorsqu'il disait : « Elle m'est chère comme ma propre âme », et la joie qui en résultait balayait tout le reste.

Il n'y avait plus de sommeil pour elle.

Les étoiles pâlirent et l'aube rose grandit à l'est. Elle entendit bientôt son compagnon revenir et raviver le feu, s'agitant doucement parmi les plats, et s'éloigner de nouveau, mais elle avait détourné la tête pour qu'il ne voie pas son visage, et il la croyait évidemment endormie.

Alors elle resta allongée et essaya de raisonner ; a essayé de se gronder de penser que ses paroles s'appliquaient à elle ; elle essayait de se rappeler sa vie citadine et ses amis, et combien cet homme et son travail leur seraient totalement étrangers ; essaya de penser au nouveau jour où elle retrouverait probablement ses amis et où ce nouvel ami serait perdu de vue ; j'ai ressenti un vif pincement au cœur à cette pensée ; elle se demandait si elle pourrait rencontrer Milton Hamar et ce qu'ils se diraient, et si des relations confortables pourraient un jour s'établir à nouveau entre eux ; et ils savaient qu'ils ne le pouvaient pas. Une fois de plus, la grande horreur l'envahit à la pensée de son baiser. Puis vint l'idée surprenante qu'il avait utilisé à son égard presque les mêmes mots que cet homme du désert avait employés à son égard, et pourtant comme ils étaient infiniment différents ! Comme son visage était tendre, profond et vrai, pur et haut, en contraste avec le regard qu'elle avait vu sur ce beau visage maléfique penché sur elle ! Elle se couvrit les yeux et frissonna à nouveau, et nourrit le souhait éphémère de pouvoir rester ici pour toujours et de ne pas retourner dans sa présence détestée.

Puis, comme un flot de soleil, revenait la pensée du missionnaire et de son amour pour elle, et tout le reste était effacé dans le ravissement que cela provoquait.

Et ainsi, sur les ailes roses, le matin se leva, un lever de soleil pur et droit.

Hazel pouvait entendre le missionnaire marcher doucement ici et là pour préparer le petit-déjeuner, et savait qu'il sentait qu'il était temps de bouger.

Elle devait se remuer et parler, mais ses joues devinrent roses à cette pensée. Elle continuait d'attendre et d'essayer de réfléchir à la manière de lui dire bonjour sans un regard coupable dans ses yeux. Bientôt, elle l'entendit appeler Billy et s'éloigner dans la direction où le cheval prenait son petit-déjeuner. Puis, saisissant l' occasion , elle se glissa sous la toile dans son boudoir vert.

Mais même ici, elle trouva des preuves des soins de son sage guide, car devant le plus grand cèdre se trouvaient deux tasses en fer blanc remplies d'eau claire et à côté d'elles une petite trousse à savon de poche et un mouchoir propre et plié, fin et blanc. Il avait fait de son mieux pour lui fournir des articles de toilette.

Son cœur bondit à nouveau devant sa prévenance. Elle versa l'eau sur son visage rayonnant et l'enfouit dans les plis propres du mouchoir – son mouchoir. Comme c'est merveilleux qu'il en soit ainsi ! Comment un simple morceau de linge banal était-il devenu si imprégné des courants de la vie qu'il pouvait donner un rafraîchissement si joyeux d'un simple toucher ? La merveille de tout cela ressemblait à un miracle. Elle ne savait pas que quelque chose dans la vie pouvait se passer ainsi.

La grande falaise rouge de l'autre côté de la vallée fut touchée par le soleil du matin lorsqu'elle sortit de son abri vert, timidement consciente du secret qui n'était pas révélé entre eux.

Leur petit camp était encore dans l'ombre. La dernière étoile avait disparu comme si une main avait éteint les lumières avec un flash et révélé le matin.

Elle resta un instant à l'écart des cèdres, une main de chaque côté retenant les branches, regardant de sa retraite ; et l'homme qui s'avançait la vit et attendait, la tête nue, pour lui rendre hommage, avec dans ses yeux une grande lumière d'amour qu'il ne savait pas visible, mais qui aveugla les yeux de la jeune fille qui l'observait et lui fit rosir les joues.

L'air autour d'eux semblait chargé d'un courant électrique. Les petits lieux communs qu'ils disaient pénétraient profondément dans le cœur de chacun et s'attardaient pour bénir l'avenir. Les regards de leurs regards se rencontrèrent maintes fois et s'attardèrent timidement sur un terrain plus intime que la veille, pourtant chacun était devenu plus silencieux. La tendresse de sa voix était comme une bénédiction lorsqu'il la saluait.

Il l'assit sur la toile qu'il avait fraîchement disposée à côté d'un bout d'herbe verte et se prépara à la servir comme une reine. En effet, elle portait une allure royale, si petite et élancée qu'elle fût, ses cheveux d'or brillant le matin et ses yeux brillants comme les étoiles qui venaient de pâlir le jour.

Il y avait des lapins frits qui cuisaient dans la petite casserole et du pain de maïs grillait devant le feu sur deux bâtons pointus. Elle découvrit avec surprise qu'elle avait faim et que le petit déjeuner qu'il avait préparé lui semblait un festin des plus délicieux.

Elle devint sûre dans sa conscience qu'il ne savait pas qu'elle avait deviné son secret, et laissa la joie de tout cela la submerger et l'envelopper. Son rire résonnait musicalement dans la plaine, et il la regardait avec avidité, avec ravissement, profitant de chaque minute de compagnie avec une sorte de double joie à cause des jours stériles qu'il était sûr d'arriver.

Finalement, il interrompit cette plaisante attente par une exclamation, car le soleil se levait rapidement et il était temps qu'ils partent. Il rangea les affaires en toute hâte, elle essayant, dans son inhabitude maladroite, de l'aider et ne lui faisant que de douces gênes, avec ses petites mains blanches qui l'excitaient si merveilleusement lorsqu'elles s'approchaient avec une assiette ou une tasse, ou un morceau de pain de maïs qui avait été laissé de côté.

Il la mit sur le cheval et ils commencèrent leur chemin. Pourtant, pas une seule fois dans tout ce contact agréable, il n'avait trahi son secret, et Hazel commençait à sentir le fardeau de ce qu'elle avait découvert peser sur elle de manière coupable, comme une chose volée qu'elle remplacerait volontiers mais n'osait pas. Parfois, pendant qu'ils avançaient, il parlait doucement comme la veille, lui désignant quelque objet d'intérêt, ou lui racontant quelque histoire remarquable de ses expériences, elle se demandait si elle ne s'était pas entièrement trompée ; peut-être qu'elle a mal entendu, ou qu'elle a prononcé plus de mots qu'elle n'aurait dû le faire. Elle a commencé à penser qu'il ne pouvait pas du tout la penser. Et puis, se retournant brusquement, elle trouvait ses yeux sur elle avec une lumière si tendre, si ardente, qu'elle tombait dans la confusion et sentait son cœur battre à tout rompre sous le plaisir et la douleur de cela.

Vers midi, ils arrivèrent à un trou d'eau de pluie près duquel se trouvaient trois hogans indiens. Brownleigh a expliqué qu'il était venu par ici, un peu en dehors du sentier le plus court, dans l'espoir d'avoir un autre cheval afin qu'ils puissent voyager plus vite et atteindre la voie ferrée avant le coucher du soleil.

Le cœur de la jeune fille se serra soudain lorsqu'il la laissa assise sur Billy sous un peuplier pendant qu'il s'avançait pour savoir s'il y avait quelqu'un à la maison et s'ils avaient un cheval à revendre. Bien sûr , elle voulait retrouver ses amis et soulager leur anxiété au plus vite, mais il y avait quelque chose dans la voix du jeune missionnaire lorsqu'il parlait de se hâter qui semblait ériger un mur entre eux. L'agréable conversation de la matinée semblait se terminer si rapidement : la merveilleuse sympathie et l'intérêt qui les unissait étaient poussés d'une main violente hors de sa portée. Elle ressentit une sensation d'étouffement dans sa gorge, comme si elle voulait poser sa tête sur le cou rugueux de Billy et sangloter.

Elle essaya de se raisonner. Il n'y avait qu'un peu plus de vingt-quatre heures qu'elle avait vu cet étranger pour la première fois, et pourtant son cœur était si lié à lui qu'elle redoutait leur séparation. Comment est-ce possible? De telles choses n'étaient pas réelles. Les gens se moquaient toujours des amours soudaines comme si elles étaient impossibles, mais son cœur lui disait qu'il ne s'agissait pas seulement d'heures pour compter leurs connaissances. L'âme de cet homme lui avait été révélée dans ce court laps de temps, comme celle d'un autre n'aurait pu l'être depuis des années. Elle redoutait la fin de cette compagnie. Ce serait la fin, bien sûr. Il l'avait dit, et elle savait que ses paroles étaient vraies. Son monde n'était pas son monde, c'est encore plus dommage ! Il n'abandonnerait jamais son monde et il avait dit qu'elle n'était pas faite pour le sien. C'était bien trop vrai : ce monde d'étrangers rudes et grossiers, et ce vide sauvage de beauté. Mais comme elle avait envie de prolonger indéfiniment cette journée avec lui à ses côtés !

La vision s'effacerait bien sûr lorsqu'elle reviendrait au monde, et les choses reprendraient très probablement leurs proportions normales. Mais tout à l'heure, elle s'est avoué qu'elle ne voulait pas revenir. Elle serait entièrement contente si elle pouvait ainsi errer avec lui dans le désert pour le reste de sa vie naturelle.

Il revint vers elle accompagné d'un garçon indien portant une marmite en fer et du mouton frais. Hazel les regarda pendant qu'ils allumaient un feu, faisaient bouillir la casserole pleine d'eau et mettaient la viande à rôtir. Le missionnaire préparait une galette de maïs qui cuisait actuellement dans la cendre et donnait un savoureux odeur .

Une squaw indienne apparut à la porte d'un des hogans, son bébé attaché au dos, et l'observait avec de grands yeux ronds étonnés. Hazel sourit au petit papoose, et cela se transforma bientôt en un sourire en réponse. Puis elle découvrit que le missionnaire les regardait tous les deux, le cœur dans les yeux, une joie étrange et merveilleuse sur le visage, et les battements de son cœur s'accélérèrent. Elle lui plaisait ! C'est alors qu'elle sourit à l'enfant de la forêt qu'elle découvrit son propre intérêt pour ces gens négligés. Elle ne pouvait pas savoir que le petit bébé à la peau foncée qu'elle avait remarqué deviendrait désormais l'objet particulièrement tendre des soins du missionnaire, simplement parce qu'elle l'avait remarqué.

Ils prirent un joyeux repas, quoique pas aussi intime que les autres ; car un groupe de femmes et d'enfants indiens se pressaient devant le hogan le plus proche, observant chacun de leurs mouvements avec de grands yeux fixes et des visages impassibles mais intéressés ; et le petit garçon se tenait non loin pour apporter tout ce dont ils pourraient avoir besoin. Tout était agréable mais Hazel se sentait impatiente de l'interruption alors que leur temps ensemble était maintenant si court. Elle fut heureuse quand, montés de nouveau sur Billy et son compagnon sur un petit poney indien rude aux yeux méchants, ils s'éloignèrent ensemble sous le soleil de l'après-midi.

Mais maintenant, il ne leur semblait plus qu'un espace essoufflé avant d'arriver en présence des gens, car les deux chevaux avançaient à un rythme rapide, et les distances les dépassaient kilomètre par kilomètre, la jeune fille se sentant à chaque instant plus timide et plus embarrassée , et consciente du danger. des mots qu'elle avait entendus tôt le matin.

Cela lui semblait un fardeau qu'elle ne pouvait pas porter d'inconnu sur son âme et pourtant comment pourrait-elle le lui faire savoir ?

VIII
RENONCIATION

Ils étaient entrés dans une bande de sable argenté, large d'environ deux milles, et chevauchaient presque en silence, car une timidité singulière s'était installée en eux.

La jeune fille était consciente de ses yeux fixés sur elle avec une sorte de désir tendre, comme s'il voulait imprimer dans son esprit l'image du moment où elle ne serait plus avec lui. Chacun avait le curieux sentiment de comprendre les pensées de l'autre et n'avait pas besoin de mots. Mais alors qu'ils approchaient d'une grande étendue de maïs bruissant, il la regarda de nouveau attentivement et dit :

"Tu es très fatigué, j'en suis sûr." Ce n'était pas une question mais elle leva les yeux pour le nier, et un flot de couleurs douces balaya ses joues. "Je le savais", dit-il en scrutant ses yeux levés. "Nous devons nous arrêter et nous reposer après avoir traversé ce maïs. Il y a un endroit sous quelques arbres où vous serez à l'abri du soleil. Ce maïs ne dure qu'un mile de plus, et après que vous vous soyez reposé, nous n'aurons qu'un peu de distance à parcourir — il retint son souffle comme si ces mots lui faisaient mal — notre voyage est presque terminé ! Ils chevauchèrent en silence à travers le maïs, mais quand le passage fut passé et qu'ils furent assis sous les arbres, la jeune fille leva vers lui ses yeux remplis de choses indescriptibles.

"Je n'ai pas su comment vous remercier", dit-elle sincèrement, les larmes presque visibles.

"Ne le fais pas, s'il te plaît!" dit-il doucement. "Ça a été bon pour moi d'être avec toi. Comme tu ne peux jamais le savoir." Il fit une pause puis la regarda attentivement.

"Vous êtes-vous bien reposé la nuit dernière, votre première nuit à la belle étoile ? Avez-vous entendu les coyotes ou avez-vous eu peur ?"

Ses couleurs s'envolèrent et elle baissa son regard vers le cou de Billy, tandis que son cœur battait douloureusement.

Il vit à quel point elle était perturbée.

"Tu avais peur," chargea-t-il doucement. "Pourquoi n'as-tu pas appelé ? J'étais tout le temps à portée de main. Qu'est-ce qui t'a fait peur ?"

"Oh, ce n'était rien !" dit-elle évasivement. "Cela n'a duré qu'une minute."

"Dis-moi s'il te plaît!" sa voix la contraignit.

"C'était juste pour une minute", répéta-t-elle, parlant rapidement et essayant de cacher son embarras. "Je me suis réveillé et j'ai cru entendre parler et tu n'étais pas en vue; mais tu n'as pas tardé à revenir avec une brassée de bois, et j'ai vu que c'était presque le matin."

Ses joues étaient roses, alors qu'elle levait ses yeux clairs pour rencontrer son regard inquisiteur et essayait de lui faire face avec fermeté, mais il regarda au plus profond de son âme et vit la vérité. Elle sentit son courage lui échapper et essaya de détourner négligemment son regard, mais n'y parvint pas.

Enfin il dit d'une voix basse et pleine d'émotion :

"Tu m'entends?"

Ses yeux, qu'il avait retenus de son regard, vacillèrent, vacillèrent et se baissèrent. "J'avais peur", dit-il alors que son silence confirmait sa conviction. "J'ai entendu quelqu'un bouger. J'ai regardé et j'ai cru te voir retourner à ton canapé." Il y avait de sérieux reproches dans son ton, mais aucun reproche pour elle. Néanmoins, son cœur brûlait de honte et ses yeux se remplissaient de larmes. Elle cacha son visage rayonnant dans ses mains et cria :

"Je suis vraiment désolé. Je n'avais pas l'intention d'écouter. D'après le ton de ta voix, je pensais que tu avais des ennuis. J'avais peur que quelqu'un ne t'attaque, et peut-être que je pourrais faire quelque chose pour aider——"

« Pauvre enfant ! dit-il profondément ému. "Comme c'est impardonnable de ma part de vous effrayer. J'ai l'habitude de parler à haute voix quand je suis seul. La grande solitude ici l'a cultivée. Je n'avais pas réalisé que je pourrais vous déranger. Que devez-vous penser de moi ? Que *pouvez*- vous pensez?"

"Pense!" » éclata-t-elle doucement. "Je pense que vous avez tous tort d'essayer de garder une chose pareille pour vous !"

Et puis tout le sens de ce qu'elle avait dit lui apparut, et son visage s'empourpra d'embarras.

Mais il la regardait avec une lueur avide dans les yeux.

"Que veux-tu dire?" Il a demandé. « Ne veux-tu pas m'expliquer s'il te plaît ?

Hazel était assise maintenant, le visage entièrement détourné, et les cheveux doux flottant de manière dissimulée autour de ses joues brûlantes. Elle avait l'impression qu'elle devait se lever, s'enfuir dans le désert et mettre fin à cette terrible conversation. Elle s'enfonçait de plus en plus profondément à chaque minute.

"S'il te plaît!" dit la voix douce et ferme.

"Eh bien, je pense qu'une femme a le droit de savoir une chose comme ça!" elle hésita désespérément.

"Pourquoi?" » demanda encore la voix après une pause.

"Parce que... elle... elle... pourrait ne jamais... elle ne saura peut-être jamais qu'il y a un tel amour pour une femme dans le monde !" balbutia-t-elle, toujours la tête complètement tournée vers lui. Elle sentait qu'elle ne pourrait plus jamais se retourner et faire face à ce merveilleux homme du désert. Elle aurait souhaité que le sol s'ouvre et lui montre un moyen confortable de s'échapper.

Cette fois, la pause fut longue, si longue qu'elle lui fit peur, mais elle n'osa pas se retourner et le regarder. Si elle l'avait fait, elle aurait vu qu'il était assis pendant un certain temps, la tête baissée, en profonde méditation, et qu'enfin il levait de nouveau son regard vers le ciel comme pour demander une permission rapide. Puis il a parlé.

"Un homme n'a pas le droit de dire à une femme qu'il l'aime s'il ne peut pas la demander en mariage."

"Ça," dit la jeune fille, la gorge douloureusement lancinante, " *ça* n'a rien à voir avec ça. Je ne parlais pas de me marier ! Mais je pense qu'elle a le droit de savoir. Cela ferait une différence pendant toute sa vie. vie!" Sa gorge était sèche et palpitante. Les mots semblaient coller alors qu'elle essayait de les prononcer, mais ils seraient dits. Elle avait envie de cacher son visage brûlant dans un abri frais et de s'éloigner de cette terrible conversation, mais elle ne pouvait que rester assise, rigide et silencieuse, ses doigts fermement attachés dans l'herbe grossière à ses côtés.

Il y avait maintenant un silence plus long, et elle n'osait toujours pas regarder l'homme.

Un grand aigle est apparu dans le ciel et a navigué rapidement et fortement vers le sommet d'une montagne. Hazel avait le sentiment de sa propre petitesse et du fait que ses paroles avaient provoqué une angoisse exquise pour l'âme de son compagnon, mais elle ne trouvait rien à dire qui pourrait améliorer les choses. Enfin il parla, et sa voix était comme celle d'un rite triste et sacré pour un être tendrement aimé :

"Et maintenant que tu sais que je t'aime, est-ce que ça peut faire une différence pour toi ?"

Hazel essaya de répondre à trois reprises, mais à chaque fois, ses lèvres tremblantes ne parvenaient pas à prononcer de mots. Puis soudain, son visage tomba dans ses mains et les larmes coulèrent. Elle avait l'impression qu'une bénédiction avait été déposée sur sa tête, et que la gloire en était plus grande qu'elle ne pouvait en supporter.

L'homme la regardait, ses bras désireux de l'envelopper et d'apaiser son agitation, mais il ne le fit pas. Son cœur était en feu de la douceur et de la douleur du moment présent, mais il ne pouvait pas profiter de leur situation dans la plaine solitaire et profaner la beauté de la confiance qu'elle lui avait accordée.

Puis sa force revint, et elle releva la tête et regarda dans ses yeux en attente avec un regard tremblant et timide, mais vrai et sérieux.

« Cela fera une différence… pour moi ! » dit-elle. "Je ne ressentirai plus jamais la même chose face à la vie parce que je sais qu'il existe un homme si merveilleux dans le monde."

Elle contrôlait parfaitement sa voix désormais et retenait ses larmes. Sa façon de vivre lui venait en aide. Il ne devait pas voir à quel point cela lui importait, à quel point. Elle tendit une petite main froide et la posa timidement dans sa grande main brune, et il la tint un moment et la regarda avec une grande tendresse, referma ses doigts dessus dans une forte attache, puis la reposa doucement sur ses genoux. comme s'il était trop précieux pour être gardé. Son cœur frémit encore et encore à son contact.

"Merci," dit-il simplement, d'un ton très retiré. "Mais je ne vois pas comment vous pouvez penser du bien de moi. Je vous suis complètement étranger. Je n'ai pas le droit de vous parler de telles choses."

"Tu ne me l'as pas dit ", répondit Hazel. "Tu l'as dit… Dieu." Sa voix était lente et basse de crainte. "J'ai seulement entendu. C'était de ma faute… mais… je ne le suis pas… désolé. C'était une bonne… chose à entendre !"

Il la regardait avec une dignité timide pendant qu'elle parlait, son visage baissé et à moitié détourné. Elle était d'une beauté exquise dans sa confusion. Tout son esprit aspirait au sien.

"Je me sens comme un monstre", dit-il soudain. "Tu sais que je t'aime, mais tu ne comprends pas comment, même en si peu de temps, tu as rempli ma vie, tout mon être. Et pourtant, je n'essaierai peut-être jamais ni n'espèrerai de gagner ton amour en retour. Cela doit paraître étrange pour vous--"

« Je crois que je comprends, » dit-elle à voix basse ; "Tu as parlé de tout ça pendant la nuit, tu sais." On aurait dit qu'elle hésitait à l'entendre à nouveau.

"Voulez-vous me laisser vous l'expliquer en détail ?"

"Si... tu penses qu'il vaut mieux." Elle détourna le visage et regarda l'aigle, maintenant un simple point au loin.

" Vous voyez qu'il en est ainsi. Je ne suis pas libre de faire ce que je veux, comme les autres hommes sont libres. J'ai consacré ma vie au service de Dieu en ce lieu. Je sais — je savais quand je suis arrivé ici — que ce n'était pas un endroit pour amener une femme. Rares sont ceux qui pourraient supporter la vie. Elle est remplie de privations et d'épreuves. Elles sont inévitables. Vous êtes habitué aux soins tendres et au luxe. Aucun homme ne pourrait demander un sacrifice comme celui d'une femme. il aimait. Il ne serait pas un homme s'il le faisait. Ce n'est pas comme épouser une fille qui a elle-même ressenti l'appel et qui aime donner sa vie à son travail. Ce serait une autre affaire. Mais un homme n'a pas le droit s'attendre à cela de la part d'une femme…" il s'arrêta pour trouver les mots justes et Hazel, d'une petite voix calme et digne, lui rappela :

"Vous oubliez une des raisons."

"Oubli?" il se tourna vers elle avec étonnement et leurs yeux se croisèrent un instant, puis les siens se détournèrent à nouveau.

"Oui," continua-t-elle d'une manière impénétrable. "Vous pensiez que je n'étais pas en forme !"

Elle arrachait des morceaux de verdure par terre à côté d'elle. Elle sentit un battement de peur dans sa gorge. C'était la pointe de l'épine qui était restée dans son cœur. Il n'était pas dans sa nature de ne pas en parler, mais quand on en parlait, elle sentait que cela pouvait être mal compris.

Mais le missionnaire répondit par une sorte de cri de créature blessée.

"Pas en forme ! Oh, ma chérie ! Vous ne comprenez pas——"

Il y avait cela dans son ton qui arracha le dernier morceau d'épine irritante du cœur de Hazel et ramena le sang rapide à ses joues.

Avec un rire léger qui faisait écho au soulagement et à une joie profonde et nouvelle à laquelle elle n'osait pas encore faire face, elle se leva d'un bond.

"Oh, oui, je comprends", dit-elle gaiement, "et tout est vrai. Je ne suis pas du tout faite pour un missionnaire. Mais ne devrions-nous pas continuer notre route ? Je suis bien reposée maintenant."

Avec un visage grave de tristesse, il acquiesça, fixant la toile sur la selle et la mettant sur son cheval d'un mouvement rapide et silencieux. Puis, alors qu'elle rassemblait les rênes, il s'attarda un instant et, prenant l' ourlet de sa robe entre ses doigts, il se baissa et toucha légèrement, avec respect, ses lèvres sur le tissu.

Il y avait quelque chose de si humble, de si pathétique, de si oublieux dans cet hommage que les larmes montèrent aux yeux de la jeune fille et qu'elle eut envie de passer ses bras autour de son cou, d'approcher son visage du sien et de lui dire à quel point son cœur battait. sympathie.

Mais il n'avait même pas demandé son amour, et il devait y avoir un silence entre eux. Il avait montré que c'était la seule solution. Sa propre réserve lui ferma les lèvres et lui ordonna de ne montrer aucun signe.

Et maintenant, ils avançaient silencieusement pour la plupart, les sabots des chevaux battant rapidement à l'unisson. De temps en temps, un lapin filait devant eux ou un crapaud cornu sautait hors de leur chemin. De petits lézards bruns palpitaient sur des morceaux de bois le long du chemin ; de temps en temps, un vert vif apparaissait et disparaissait. Un jour, ils tombèrent sur un village de chiens de prairie et s'arrêtèrent un instant pour observer leurs pitreries. C'est alors qu'ils se détournèrent qu'elle remarqua le morceau de vert qu'il avait coincé dans sa boutonnière et le reconnut pour le même avec lequel elle avait joué pendant qu'ils discutaient au bord du chemin. Ses yeux l'accusèrent de l'avoir ramassé par la suite et ses yeux répondirent par la vérité, mais ils ne dirent rien à ce sujet. Ils n'avaient pas besoin de mots.

Ce n'est que lorsqu'ils atteignirent le sommet d'une colline en pente et qu'ils aperçurent soudain la vallée avec son chemin sinueux brillant sous le soleil de fin d'après-midi, la petite gare en bois et quelques cabanes disséminées ici et là, qu'elle réalisa soudain que leur voyage ensemble était terminé, car c'était de là qu'elle était partie l'avant-veille.

Il n'avait pas besoin de lui dire. Elle aperçut la lueur rouge et suffisante de leur propre voiture privée stationnée sur la piste non loin de là. Elle fut confrontée au fait que ses amis étaient là-bas, dans la vallée, et que toutes les conventions rigides de sa vie étaient prêtes à construire un mur entre cet homme et elle. Ils le balayeraient de sa vie comme si elle ne l'avait jamais rencontré, n'avait jamais été retrouvé et sauvé par lui, et l'emmèneraient à nouveau dans leur ennuyeuse série de fêtes et d'excursions de plaisir.

Elle leva les yeux avec un regard effrayé, presque suppliant, comme pour lui demander un instant de se retourner de nouveau vers le désert. Elle trouva ses yeux fixés sur elle dans un long et profond regard d'adieu, comme on regarde le visage d'un bien-aimé qui sera bientôt séparé de la terre. Elle ne pouvait supporter l'aveuglement de l'amour qu'elle y voyait, et son propre cœur bondit de nouveau pour le rencontrer en répondant à l'amour.

Mais ce fut seulement ce simple éclair de regard qu'ils eurent, lorsqu'ils furent conscients des voix et du bruit des sabots des chevaux, et presque instantanément, autour du bouquet d'armoises au-dessous du sentier, apparurent trois cavaliers, Shag Bunce, un Indien et le frère de Hazel. Ils parlaient avec enthousiasme et se lançaient visiblement dans une nouvelle recherche.

Le missionnaire, avec une présence d'esprit rapide, fit démarrer les chevaux en criant un salut, et fut répondu par des acclamations instantanées de la part du groupe qui s'approchait, suivis par des coups de feu de Shag Bunce pour signaler que la personne perdue avait été retrouvée ; des coups de feu qui semblaient immédiatement résonner depuis la vallée et se transformer en cris et en réjouissance.

Puis tout fut confusion à la fois.

Le beau frère imprudent aux cheveux d'or comme ceux d'Hazel l'embrassa, parlant fort et avec empressement ; montrant comment il avait fait ceci et cela pour la retrouver ; blâmer le pays, les chevaux, les guides, les routes ; et ne prêtant guère attention au missionnaire qui s'est immédiatement mis en retrait pour lui céder sa place. Il ne fallut qu'une seconde avant qu'ils soient entourés de gens enthousiastes qui parlaient tous en même temps, et Hazel, affligée que son frère accorde si peu d'attention à l'homme qui l'avait sauvée, chercha à trois reprises à faire une sorte de présentation, mais le frère était trop occupé d'excitation et de gronder sa sœur pour s'être perdue, pour le comprendre.

Puis sortit le père qui, semble-t-il, avait passé deux nuits éveillées à la recherche et avait fait une brève sieste. Son visage était pâle et hagard. Brownleigh aimait le regard de ses yeux lorsqu'il aperçut sa fille, et son visage s'éclaira lorsqu'il la vit sauter dans ses bras en criant : "Papa ! Papa ! Je suis vraiment désolé de t'avoir fait peur !"

Derrière lui, grande et désapprobatrice, avec un je vous l'avais bien dit dans les yeux, se tenait tante Maria.

"Fille têtue," murmura-t-elle sévèrement. "Vous nous avez donné deux jours terribles !" et elle picota la joue de Hazel avec raideur. Mais personne ne l'entendit dans l'excitation.

Derrière elle, la femme de chambre de tante Maria Hazel se tordait les mains et pleurait dans une sorte de joie hystérique au retour de sa maîtresse, et derrière elle, dans l'obscurité du vestibule de la voiture, se profilait le visage sombre de Hamar avec une marque rouge et colérique sur une joue. Il n'avait pas l'air particulièrement impatient d'être là. Le missionnaire se détourna de son mauvais visage avec répulsion.

Dans la confusion et la joie du retour de l'être perdu, l'homme du désert se prépara à s'éclipser, mais juste au moment où il était sur le point de monter sur son poney, Hazel se tourna et le vit.

"Papa, viens ici et parle à l'homme qui m'a trouvée et m'a ramenée saine et sauve", dit-elle, entraînant avec impatience son père à travers la plate-forme jusqu'à l'endroit où se tenait le missionnaire.

Le père arriva assez facilement et Hazel parla rapidement, ses yeux brillants, ses joues comme des roses jumelles, racontant d'un seul souffle les horreurs, les ténèbres, le sauvetage et la prévenance de son étranger-sauveteur.

M. Radcliffe s'avança avec la main tendue pour le saluer, et le missionnaire ôta son chapeau et se leva avec une grâce facile pour lui serrer la main. Il n'était alors pas conscient du feu des yeux sur lui, des regards froids de la société de la part de tante Maria, Hamar et du jeune Radcliffe, comme pour dire : Comment osait-il présumer d'attendre une reconnaissance pour avoir accompli ce qui était un simple devoir ! Il remarqua seulement la véritable cordialité du visage du père alors qu'il le remerciait pour ce qu'il avait fait. Puis, en homme pratique et du monde qu'il était, M. Radcliffe fouilla la main dans sa poche et en sortit son chéquier en remarquant, comme si c'était une évidence, qu'il souhaitait récompenser généreusement le sauveteur de sa fille, et lui demandant son nom alors qu'il retirait le capuchon de son stylo plume.

Brownleigh reculait avec raideur, avec une couleur exacerbée et un air presque hautain sur son visage.

"Merci," dit-il froidement, "je ne pouvais pas penser à prendre quoi que ce soit pour un simple acte d'humanité. Ce fut un plaisir de pouvoir servir votre fille", et il se mit facilement en selle.

Mais M. Radcliffe n'était pas habitué à une telle indépendance chez ceux qui le servaient et il commença à fanfaronner. Hazel, cependant, les joues assez flamboyantes, les yeux remplis de mortification, posa la main sur le bras de son père.

« Papa, tu ne comprends pas », dit-elle avec sérieux ; "Mon nouvel ami est ecclésiastique, il est missionnaire, papa !"

"C'est absurde, ma fille ! Tu ne comprends pas ces choses. Attends juste que j'en ai fini. Je ne peux pas laisser un acte comme celui-ci rester sans récompense. Un missionnaire, as-tu dit ? Alors si tu ne veux rien prendre pour toi, prends-le pour toi. votre église, c'est pareil à la fin », et il fit un clin d'œil complice au missionnaire dont la colère montait rapidement et qui avait beaucoup de mal à garder un esprit doux et tranquille.

"Merci!" répéta-t-il froidement, "pas pour un tel service".

"Mais je le pense!" grommela l'aîné très agacé. "Je veux faire un don à une cause qui emploie un homme comme vous. C'est un bien pour le pays dans son ensemble que de tels hommes patrouillent dans les déserts. Je n'ai jamais pensé qu'il y avait beaucoup d'excuses pour les missions intérieures, mais après cela, je donnerai " C'est mon approbation chaleureuse. Cela rend le pays plus sûr pour les touristes. Venez, dites-moi votre nom et je vous ferai un chèque. Je suis sérieux. "

"Envoyez toute contribution que vous souhaitez apporter au fonds général", a déclaré Brownleigh avec dignité, mentionnant l'adresse du conseil d'administration de New York sous les auspices duquel il a été envoyé, "mais ne me mentionnez pas, s'il vous plaît." Puis il leva de nouveau son chapeau et serait parti à cheval sans la détresse dans les yeux de Hazel.

A ce moment-là, le frère créa une digression en se précipitant vers son père. "Papa, tante Maria veut savoir si nous ne pouvons pas continuer avec ce train. Il est en vue maintenant, et elle est presque folle de se mettre en route. Il n'y a rien qui empêche notre attelage, n'est-ce pas ? L'agent a l'ordre. Fais, papa, sortons de là. J'en ai marre, et tante Maria est insupportable!"

"Oui, certainement, certainement, Arthur, parlez à l'agent. Nous allons continuer tout de suite. Excusez-moi, monsieur... Ah, quel est votre nom, dites-vous ? Je suis désolé que vous ressentiez cela ; même si c'est très louable, très louable, j'en suis sûr. Je l'enverrai à New York immédiatement. Cinquième Avenue, avez-vous dit ? Je vais dire un bon mot pour vous. Excusez-moi, l' theagent me fait signe. Eh bien, au revoir et merci encore ! Ma fille, tu ferais mieux de monter directement dans la voiture. Le train est presque là, et ils n'auront peut-être pas de temps à perdre, " et M. Radcliffe se précipita vers le quai après son fils et l'agent.

IX
"POUR LE SOUVENIR"

Hazel tourna ses yeux troublés vers le visage de l'homme d'un air suppliant. "Mon père ne comprend pas", s'excusa-t-elle. "Il est très reconnaissant et il a l'habitude de penser que l'argent peut toujours montrer sa gratitude."

Brownleigh était descendu de cheval à côté d'elle, son chapeau retiré, avant qu'elle ait fini de parler.

"Ne le fais pas, je t'en supplie, penses-y encore", plaida-t-il, ses yeux dévorant son visage. "Tout va bien. Je comprends très bien. Et vous comprenez aussi, j'en suis sûr."

"Oui, je comprends", dit-elle en levant les yeux pleins de l'amour qu'elle n'avait pas osé lui laisser voir. Elle jouait avec ses bagues tout en parlant et regardait anxieusement le train qui approchait. Son frère, se précipitant sur le quai jusqu'à leur voiture, lui cria de se dépêcher en la dépassant, et elle savait qu'elle n'aurait droit qu'à un instant de plus. Elle reprit son souffle et regarda le grand missionnaire avec nostalgie.

« Vous me laisserez vous laisser quelque chose qui m'appartient, juste en souvenir ? » » demanda-t-elle avec impatience.

Ses yeux devinrent tendres et brumeux.

"Bien sûr," dit-il, sa voix soudain rauque, "même si je n'aurai besoin de rien pour me souvenir de toi. Je ne pourrai jamais t'oublier." Le souvenir de ce regard de ses yeux fut pour son âme un aliment et une boisson pendant les nombreux jours qui suivirent, mais elle le rencontra maintenant avec régularité, sans même rougir de sa reconnaissance ouverte de son amour.

"C'est le mien", dit-elle. "Mon père me l'a acheté quand j'avais seize ans. Je le porte depuis. Il ne s'en souciera jamais." Elle retira une bague de son doigt et la laissa tomber dans sa paume.

"Dépêchez-vous, sœur!" » appela encore une fois le jeune Radcliffe depuis la fenêtre de la voiture, et levant les yeux, Brownleigh vit le visage maléfique de Hamar qui regardait depuis une autre fenêtre.

Hazel se tourna, luttant pour retenir les larmes qui montaient. "Je dois y aller," haleta-t-elle.

Brownleigh jeta les rênes du poney à un jeune Indien qui se tenait à proximité et se retourna et marcha à côté d'elle, conscient pendant ce temps des visages renfrognés qui les regardaient depuis les vitres de la voiture.

"Et je n'ai rien à te donner", lui dit-il à voix basse, profondément ému par ce qu'elle avait fait.

"Voulez-vous me laisser le petit livre ?" » demanda-t-elle timidement.

Ses yeux brillèrent d'une sorte de gloire alors qu'il fouillait dans sa poche pour chercher sa Bible.

"C'est la meilleure chose que je possède", a-t-il déclaré. "Puisse-t-il vous apporter la même joie et le même réconfort qu'il m'a souvent apporté." Et il lui mit le petit livre dans la main.

Le train recula, s'écrasa et heurta le wagon privé avec un bruit grinçant et hargneux. Brownleigh a mis Hazel sur les marches et l'a aidée à se relever. Son père se précipitait vers eux et quelques ouvriers du train faisaient beaucoup de bruit en criant des directions . Il n'y eut qu'un instant pour lui serrer la main, puis il recula vers le quai, et son père s'y lança tandis que le train démarrait. Elle se tenait sur la marche supérieure de la voiture, les yeux rivés sur son visage et le sien sur le sien, son chapeau levé en hommage et le renoncement sur son front comme s'il s'agissait d'une couronne.

C'était la voix de sa tante Maria qui la rappelait à elle, tandis que la petite gare avec son décor primitif, ses badauds épars et son grand homme unique, filait et se fondait dans le paysage par les larmes qu'elle ne pouvait retenir.

"Hazel ! Par pitié ! Ne restez plus longtemps à contempler cette grossière créature. Nous allons vous faire tomber du train et être à nouveau secouru de façon dramatique pour le plus grand plaisir des indigènes. Je suis sûr que vous avez fait suffisamment de perturbations pour un seul voyage, et vous feriez mieux de venir essayer de faire amende honorable auprès du pauvre M. Hamar pour ce que vous lui avez fait souffrir avec votre insensée persistance à partir sur un poney sauvage du western qui s'est enfui. Vous n'avez peut-être pas encore parlé à M. Hamar . Peut-être ne savez-vous pas qu'il a risqué sa vie pour vous en essayant d'attraper votre cheval et qu'il a été projeté et frappé au visage par sa propre misérable petite bête, et qu'il est resté inconscient pendant des heures dans le désert, jusqu'à ce qu'un Indien vienne le chercher et l'aide à retourner à la gare. (En fait, Milton Hamar avait planifié et joué ce drame touchant avec l'aide d'un Indien de passage, lorsqu'il s'aperçut que Hazel avait disparu, lui laissant une vilaine marque de fouet sur la joue qui devait être expliquée à la famille.) "Il peut porter cette terrible cicatrice à vie ! Il vous prendra pour une fille ingrate si vous n'y allez pas immédiatement et présentez vos excuses.

Pour répondre, Hazel, essuyant subrepticement ses larmes, passa devant sa tante et s'enferma dans sa propre petite cabine privée.

Elle se précipita avec impatience vers la fenêtre entrouverte, protégée par un grillage, et appuya son visage contre la partie supérieure de la vitre. Le train avait décrit un virage à travers la prairie et la gare était toujours visible, bien que lointaine. Elle était sûre de pouvoir voir la grande silhouette de son amant debout, un chapeau à la main, la regardant alors qu'elle passait hors de sa vue.

Avec une impulsion rapide, elle attrapa une longue écharpe en crêpe blanc qui se trouvait sur sa couchette, et arrachant la moustiquaire de la fenêtre, elle fit flotter l'écharpe au vent. Presque instantanément, un battement de blanc sortit de la silhouette sur la plate-forme, et son cœur s'accéléra de joie. Ils avaient envoyé un message de cœur à cœur à travers le vaste espace des plaines, et la télégraphie sans fil des cœurs était établie. De grosses larmes se précipitèrent pour effacer le dernier flottement de blanc du paysage en retrait, puis une colline apparut, brillante et changeante, et un instant plus tard, elle ferma la vue de la gare et du groupe sombre et Hazel comprit qu'elle était de retour dans le monde des lieux communs. les choses encore une fois, avec seulement un souvenir pour sa compagnie, au milieu d'un milieu familial antipathique.

Elle fit sa toilette tranquillement, car elle redoutait de devoir parler comme elle savait qu'elle le ferait, et redoutait encore plus de rencontrer Hamar . Mais elle savait qu'elle devait aller raconter ses expériences à son père, et bientôt elle en sortit fraîche et belle, avec des yeux mais plus brillants à cause de ses larmes, et une douce rougeur de rose sauvage sur ses joues brunies par le vent qui la rendait folle. la beauté n'en est que plus douce.

ils réclamèrent immédiatement tous les détails de son expérience et commencèrent par répéter une fois de plus à quel point M. Hamar avait essayé de la sauver de son terrible sort, risquant sa vie pour arrêter son cheval. Hazel ne dit rien à cela, mais un regard clair et constant sur le visage défiguré de l'homme qui leur avait fait croire que tout cela était la seule reconnaissance qu'elle donnait de son héroïsme potentiel. Dans ce regard, elle parvenait à montrer son incrédulité et son mépris total, même si sa tante Maria et peut-être même son père et son frère pensaient que sa gratitude était trop profonde pour être exprimée devant eux tous.

La jeune fille passa sur le sujet de la fugue avec un bref mot, disant que le poney avait décidé de courir et qu'elle avait perdu la bride, ce qui expliquait bien sûr son incapacité à le contrôler. Cependant, elle a fait peu de cas de sa chevauchée devant sa tante et a raconté toute l'histoire très brièvement jusqu'à ce qu'elle arrive au canyon et au hurlement des coyotes. Elle fit des éloges très chaleureux à l'égard de son sauveur, même si ici aussi elle employa peu de mots et évita toute description du voyage de retour, disant simplement que le missionnaire s'était montré un gentleman dans tous les détails et qu'il lui avait accordé tous les soins et toutes les attentions dont elle avait besoin. ma propre famille aurait pu le faire étant donné les circonstances, rendant le chemin agréable avec des histoires sur le pays et les gens. Elle dit qu'il était un homme d'une culture et d'un raffinement inhabituels, pensa-t-elle, et pourtant très sincèrement dévoué à son travail, puis elle changea brusquement de sujet en s'enquérant de certains projets pour leur prochain voyage et ne semblant plus s'intéresser à ce qui se passait. lui était arrivé; mais pendant tout ce temps, elle avait conscience du regard perçant et du visage renfrogné de Milton Hamar qui l'observait, et elle savait que dès que l'occasion se présenterait, il continuerait l'entretien haineux commencé dans la plaine. Elle décida mentalement qu'elle éviterait un tel entretien si possible et s'excusa immédiatement après le déjeuner, affirmant qu'elle avait besoin d'un bon sommeil pour rattraper le long trajet qu'elle avait fait.

Mais ce n'est pas au sommeil qu'elle s'abandonna lorsqu'elle put enfin se réfugier à nouveau dans son petit appartement. Elle regarda le paysage qui défilait, magnifique et varié, tout brouillé par les larmes en pensant à la façon dont elle s'était retrouvée peu de temps auparavant dans son vaste espace libre avec celui qui l'aimait. Comme cette pensée l'excitait et l'excitait, et lui apportait une joie nouvelle à chaque fois qu'elle se répétait ! Elle s'interrogeait sur le miracle. Elle n'avait jamais rêvé que l'amour était ainsi. Elle y croyait à peine maintenant. Elle était excitée, profondément émue par son expérience inhabituelle, mise au-delà de la normale par l'étrangeté de l'environnement qui avait amené cet homme à sa connaissance ; ainsi disait le bon sens, et il l'avertit que demain, ou le lendemain, ou tout au plus la semaine prochaine, l'excitation aurait disparu et elle considérerait l'étranger missionnaire comme un détail curieux de son voyage dans l'Ouest. Mais son cœur en voulait, et au fond, au fond, quelque chose d'autre lui disait que cette étrange nouvelle joie ne disparaîtrait pas, qu'elle vivrait tout au long de sa vie, et que quoi qu'il lui arrive au fil des années, elle saurait toujours au-delà de tout cela. avait été la chose réelle, la plus haute plénitude d'un amour parfait pour elle.

A mesure que les kilomètres s'allongeaient et que ses pensées devenaient tristes avec la distance, elle sortit de sa cachette le petit livre qu'il lui avait offert en se séparant. Elle l'avait glissé dans la poche de poitrine de sa combinaison de cheval au moment où elle le recevait, car elle craignait que les yeux perçants de sa tante le détectent et l'interrogent. Elle avait été trop absorbée par l'idée de la séparation pour s'en souvenir jusqu'à présent.

Elle le touchait tendrement, timidement, comme s'il s'agissait d'une partie de lui-même ; les couvertures molles et usées, l'apparence d'une utilisation constante, tout cela le rendait indiciblement cher. Elle ne savait pas auparavant qu'un objet inanimé, pas beau en soi, pouvait apporter un amour aussi tendre.

En ouvrant la page de garde, son nom était écrit clairement et en gras, « John Chadwick Brownleigh », et pour la première fois, elle se rendit compte qu'il n'y avait eu aucun mot de son nom entre eux. Il est étrange qu'ils se soient rapprochés si près qu'ils n'aient pas eu besoin de noms l'un pour l'autre. Mais son cœur bondissait de joie à l'idée de connaître son nom, et ses yeux s'attardaient avec envie sur les caractères écrits. John! Comme ce nom lui allait bien. Il semblait qu'elle aurait su que c'était le sien même si elle ne l'avait pas vu écrit au préalable dans l'un de ses biens. Puis elle se mit à réfléchir s'il aurait un moyen de découvrir son nom. Peut-être que son père la lui avait donnée, ou que l'agent de la gare savait à qui appartenait leur voiture. Bien sûr, il le ferait lorsqu'il recevrait les commandes, ou est-ce qu'ils donnaient des commandes pour les voitures uniquement par des numéros ? Elle aurait aimé oser demander à quelqu'un . Peut-être pourrait-elle découvrir d'une manière ou d'une autre comment ces ordres étaient rédigés. Et pourtant, elle avait toujours le sentiment instinctif que s'il avait connu son nom mille fois, il n'aurait pas communiqué avec elle. Elle savait, à cet air exalté de renoncement sur son visage, qu'aucun désir, quel qu'il soit, ne pouvait lui faire franchir les limites qu'il avait posées entre son âme et la sienne.

Avec un soupir, elle ouvrit le petit livre, et il tomba de lui-même à l'endroit où il avait lu la veille, la page encore marquée par le petit cordon de soie qu'il avait si soigneusement placé. Elle pouvait le voir maintenant avec la lueur du feu vacillant sur son visage, et le clair de lune argenté sur sa tête, ce regard fort et tendre sur son visage. Comme il avait été merveilleux !

Elle relut elle-même le psaume, c'était la première fois de sa vie qu'elle s'adonnait consciemment à la lecture de la Bible. Mais il y avait un charme dans les mots qui leur donnait un nouveau sens, le charme de sa voix alors qu'elle les entendait dans sa mémoire et regardait à nouveau son visage changer et s'agiter aux mots pendant qu'il lisait.

Le jour déclinait et le train reprenait son chemin, mais le paysage avait désormais perdu son attrait pour la jeune fille. Elle a plaidé la lassitude et est restée à l'écart des autres, rêvant de sa merveilleuse expérience et pensant à de nouvelles pensées profondes d'émerveillement, de regret, de tristesse, de joie, et quand la nuit est tombée et que la grande lune s'est levée, éclairant à nouveau le monde, elle s'est agenouillée près de la fenêtre de sa voiture. , regardant longuement le vaste ciel clair, le ciel qui le couvrait lui et elle ; la lune qui les regardait tous les deux. Puis, allumant la lumière électrique au-dessus de sa couchette, elle lut encore une fois le psaume et s'endormit, la joue sur le petit livre et dans le cœur une prière pour lui.

John Brownleigh , debout sur le quai de la gare, regardant le train disparaître derrière les collines, éprouva, pour la première fois depuis son arrivée en Arizona, un sentiment de désolation extrême. Il avait été seul et avait parfois le mal du pays, mais toujours avec le sentiment qu'il était le maître de tout et que, avec le plaisir de son travail, cela passerait et le laisserait libre et heureux dans la puissance avec laquelle son Dieu l'avait appelé à le service. Mais maintenant, il sentait qu'avec ce train la lumière de la vie s'éloignait de lui, et que toute la gloire de l'Arizona et du monde dans lequel il avait aimé être était obscurcie à cause d'elle. Pendant un instant ou deux, son âme cria que cela n'était pas possible, qu'il devait monter sur un destrier ailé et courir après celle que son cœur avait intronisée. Alors le mur de l'inévitable apparut devant ses yeux avides, et la Raison se rapprocha pour le ramener à la raison. Il se détourna pour cacher l'émotion sur son visage. Le jeune Indien, au caractère impossible, qui tenait les deux chevaux, reçut son sourire habituel et ses paroles agréables, mais le missionnaire leur en donna plus par habitude qu'il ne le pensait cette fois. Son âme était entrée dans son Gethsémani et son esprit était courbé en lui.

Dès qu'il put s'éloigner des gens de la station qui avaient leurs petits chagrins, leurs joies et leurs perplexités à lui raconter, il monta sur Billy et, conduisant le poney emprunté, s'éloigna dans le désert, retraçant le chemin qu'ils s'étaient rencontrés il y a un instant. peu de temps auparavant.

Billy était fatigué et marchait lentement, la tête baissée, et son maître avait le cœur triste, de sorte qu'il n'y avait pas de conversation joyeuse entre eux pendant leur voyage.

Ce n'était pas loin qu'ils allèrent, seulement à la lisière du maïs, où ils avaient fait leur dernière étape du voyage ensemble quelques heures auparavant, et ici le missionnaire s'arrêta et donna aux bêtes leur liberté pour un répit et un rafraîchissement. Lui-même se sentait trop las pour aller plus loin.

Il sortit la bague, la petite bague qui était trop petite pour aller plus loin que la moitié de son plus petit doigt, la bague qu'elle avait prise chaude et brillante de sa main blanche et déposée dans sa paume !

Le soleil bas à l'ouest s'est glissé au cœur du joyau et a envoyé sa gloire aux millions de facettes multicolores , transperçant son âme de la douleur et de la joie de son amour. Il se jeta sur l'herbe où elle s'était assise, où, les yeux fermés et les lèvres sur le bijou qu'elle portait, il rencontra son ennemi et combattit.

Enfin las du concours, il s'endormit. Le soleil se coucha, la lune se manifesta une fois de plus, et quand la nuit parcourut son chemin d'argent, deux joyaux brillèrent doucement dans son éclat, l'un à son doigt où il avait pressé sa bague, l'autre dans l'herbe. à côté de lui. Avec un curieux étonnement, il tendit la main vers la seconde et découvrit que c'était la topaze sertie dans le manche de son fouet qu'elle avait laissé tomber et oublié lorsqu'ils s'étaient assis ensemble et parlaient en chemin. Il s'en saisit avec empressement et le lui apporta. Cela semblait presque un message de réconfort de la part de celle qu'il aimait. C'était quelque chose de tangible, ceci et la bague, pour lui montrer qu'il n'avait pas rêvé qu'elle vienne ; elle avait été réelle, et elle avait voulu qu'il lui parle de son amour, elle avait dit que cela ferait une différence pour le reste de sa vie.

Il se souvint que quelque part il avait lu ou entendu un grand homme dire que pour être digne d'un grand amour, il fallait pouvoir s'en passer. Voilà donc qu'il prouverait son amour en s'en passant. Il se tenait le visage élevé, transfiguré dans la lumière de la nuit brillante, avec l'air d'un abandon de soi exalté, mais seul son cœur communiait cette nuit-là, car il n'y avait pas de mots sur ses lèvres muettes pour exprimer la plénitude de son abnégation.

Puis il poursuivit son chemin, livrant sa bataille, d'autant plus forte qu'il devenait un bâton sur lequel s'appuyer les autres hommes.

X
SA MÈRE

Les déserts et les montagnes demeurent, les devoirs se pressent et se pressent, les cœurs souffrent mais le monde se précipite. Les semaines qui suivirent montrèrent à ces deux-là qu'un grand amour est éternel.

Brownleigh n'a pas essayé d'écarter cette pensée de sa vie, mais l'a plutôt laissé glorifier la vie commune. Jour après jour passa et il alla de poste en poste, de hogan en mesa, et retourna à sa cabane, toujours en pensant à sa compagnie, et trouva cela adorable. Jamais il n'avait été moins joyeux lorsqu'il rencontrait ses amis, même s'il y avait derrière tout cela une dignité tranquille, une tendre réserve que quelques personnes avisées percevaient. On disait au Fort qu'il perdait de la chair, mais si c'était le cas, il gagnait du muscle. Ses bras bruns et maigres n'étaient jamais plus forts, et son beau visage fort n'était jamais triste quand quelqu'un était là. Ce n'était que pendant la nuit, seul dans le désert éclairé par la lune, ou dans sa petite demeure tranquille, qu'il parlait avec son père et lui racontait toute sa solitude et son chagrin. Son peuple le trouvait plus sympathique, plus minutieux, plus infatigable que jamais, et son travail prospérait.

La fille de la ville s'est délibérément mise à oublier.

Les premiers jours après son départ avaient été une saison de joie extatique mêlée de profonde dépression, alors qu'elle méditait tour à tour sur le fait d'un grand amour ou affrontait son impossibilité.

Elle avait brûlé Milton Hamar avec son regard d'aversion et l'avait constamment évité, même face aux protestations de sa famille, jusqu'à ce qu'il ait trouvé une excuse et ait quitté la fête à Pasadena. Là aussi, tante Maria les avait soulagés de son interférence gênante, et le retour par la route du sud avait été pour la jeune fille un moment de méditation sans encombre. Elle devenait chaque jour de plus en plus insatisfaite d'elle-même et de sa vie inutile et ornementale. Certains jours, elle lisait le petit livre, d'autres jours, elle le fermait et essayait de revenir à son ancienne vie, se disant qu'il était inutile de tenter de se changer. Elle avait découvert que le petit livre lui procurait un profond malaise et le sentiment que la vie contenait des choses plus graves et plus douces que de simplement vivre pour se faire plaisir. Elle commença à regretter la maison et les joies estivales qui rempliraient le vide de son cœur.

À mesure que l'été avançait, il y avait parfois une certaine insouciance dans la façon dont elle prévoyait de passer un bon moment à chaque minute

; pourtant, dans le calme de sa propre chambre, le désir qui s'était réveillé dans le désert reviendrait toujours et ne serait pas réduit au silence.

Parfois, lorsque le souvenir de ce grand amour profond qu'elle avait entendu exprimer pour elle-même lui revenait, des larmes amères lui montaient aux yeux et une pensée palpitait dans sa conscience : "Pas digne ! Pas digne !" Il ne l'avait pas jugée digne d'être sa femme. Son père et son monde penseraient tout autrement. Ils le trouveraient indigne de s'accoupler avec elle, héritière, animal de compagnie de la société ; c'était un homme qui avait donné sa vie pour un caprice, une lubie, une fantaisie fanatique ! Mais elle savait que ce n'était pas le cas. Elle savait qu'il était l'homme entre tous les hommes. Elle savait qu'il était vrai qu'elle n'était pas une femme qu'un homme comme celui-là pouvait épouser convenablement, et cette pensée l'irritait constamment.

Elle essaya de s'habituer à le considérer comme une expérience agréable, un ami qui aurait pu l'être si les circonstances avaient été différentes pour eux deux ; elle essayait de se dire que c'était chez eux une fantaisie passagère que tous deux oublieraient ; et elle essayait de tout son cœur d'oublier, allant même jusqu'à mettre sous clé le précieux petit livre et à essayer de l'oublier aussi.

Et puis, un jour de la fin de l'été, elle est partie en voiture à travers la Nouvelle-Angleterre ; une fête aussi espiègle et vertigineuse que l'on puisse trouver dans la société new-yorkaise transférée pour l'été dans le monde de la nature. Il devait y avoir une soirée dansante, une fête à la maison ou quelque chose du genre à la fin du trajet. Hazel le savait à peine et s'en fichait. Elle commençait à en avoir assez de sa vie de papillon.

La journée était chaude et poussiéreuse, l'été indien s'intensifiait. Ils s'étaient écartés grâce à une erreur du chauffeur, et soudain, juste à la lisière d'un petit village pittoresque, la voiture est tombée en panne et a refusé de continuer sans un long siège de cajoleries et de caresses.

Les membres du groupe, poudrés de poussière et dans un état d'esprit peu agréable à cause du retard, se réfugièrent à l'auberge du village, une ancienne hôtellerie située près du bord de la route, avec une large place pavée de briques et aux piliers blancs. en façade, et un mystérieux jardin couvert sur le côté. Il y avait de nombreux rockers en bois simples soigneusement ornés de carreaux blancs sur la place, et un ou deux pensionnaires de fin d'été flânaient avec un travail de tricot ou un livre. Le propriétaire apporta de la source des verres d'eau fraîche et de lait riche, et ils se laissèrent tomber sur les chaises pour attendre pendant que les hommes du groupe aidaient le chauffeur à réparer la voiture.

Hazel se laissa tomber avec lassitude sur sa chaise et sirota le lait sans faim . Elle aurait souhaité ne pas être venue ; elle aurait aimé que la journée soit terminée et qu'elle ait pu planifier quelque chose de plus intéressant ; elle aurait aimé choisir des personnes différentes pour faire partie de son parti ; et regardais paresseusement une poule blanche avec des bottes de chevreau jaunes et un peigne de corail dans ses cheveux bien coiffés cueillant délicatement le vert sous les chênes qui ombrageaient la rue. Elle écoutait le bourdonnement des abeilles dans le jardin voisin , le lointain affûtage d'une faux, le sifflement monotone d'une batteuse à vapeur non loin, les voix joyeuses des enfants, et pensait combien la vie dans ce village serait vide ; presque aussi morne et inintéressant que de vivre dans un désert – et puis soudain, elle entendit un nom et le rose lui monta aux joues et le souvenir lui fit battre le cœur .

C'était le propriétaire qui parlait à une pensionnaire attardée, une femme calme aux cheveux gris, assise en train de lire au bout de la place.

"Eh bien, Miss Norton, vous allez donc nous quitter la semaine prochaine. Désolé de l'entendre. Cela ne semble pas naturel si vous êtes libre jusqu'en octobre. Ca'c'tard, vous revenez à Granville. au printemps?"

Granville! Granville! Où avait-elle entendu parler de Granville ? Ah ! Elle le savait instantanément. C'était son ancienne maison ! Sa mère y vivait ! Mais bien sûr, cela aurait pu être un autre Granville. Elle ne savait même pas dans quel état ils se trouvaient maintenant, le New Hampshire ou le Vermont. Ils avaient hésité plusieurs fois à la frontière de l'État ce jour-là, et elle n'avait jamais prêté attention à la géographie.

Puis le propriétaire éleva à nouveau la voix.

Il regardait de l'autre côté de la route une maison coloniale blanche, aux clôtures blanches avec des piquets comme un glaçage au sucre propre, nichée dans l'herbe succulente, verte, propre et fraîche, et semblant complètement séparée du sol et de la poussière de la route, comme si de rien n'était. des ennuyeux pourraient jamais y entrer. Là s'épanouissait brillamment une bordure de fleurs tardives, d'asters doubles, de zinnias, de pivoines, avec une flamme de coquelicots écarlates se brisant dans le bleu fumé des pieds d'alouette et des boutons de célibataire, à l'approche de la maison. Hazel ne l'avait pas remarqué jusqu'à présent et elle criait presque de plaisir devant la splendeur des couleurs .

"Wal," dit le propriétaire en fouillant quelques pièces de monnaie dans ses grandes poches, "je pense que vous allez manquer à Mis' Brownleigh autant qu'à chacun d'entre nous. Elle attend beaucoup que vous veniez lui faire la lecture. J'ai entendez- la dire à quel point Amelia Ellen est une bonne infirmière, mais elle n'a jamais été très active en lecture , et "Amelia Ellen le sait aussi. Mis' Brownleigh , elle sera puissante et solitaire pour vous quand vous partirez. Ce n'est pas une fourrure si vive elle est attachée à son lit et à sa chaise, même si John lui écrit régulièrement deux fois par semaine."

Et maintenant, Hazel remarqua que sur la véranda couverte devant l'aile de la maison d'en face, était assise une vieille dame sur un fauteuil roulant inclinable, et qu'une autre femme vêtue d'une robe bleue unie se tenait tout près d'elle, l'attendant. Un bois luxuriant cachait en partie la chaise, et la distance était trop grande pour voir le visage de la femme, mais Hazel s'affaiblissait d'émerveillement et de plaisir. Elle resta assise, essayant de rassembler ses forces, tandis que la pensionnaire d'été exprimait ses sincères regrets de devoir quitter la résidence d'été qu'elle avait choisie beaucoup plus tôt que d'habitude. Finalement, ses amis commencèrent à rallier Hazel sur son silence. Elle se détourna, agacée, et leur répondit avec colère, suivant le propriétaire dans la maison et l'interrogeant avec avidité. Elle en était soudain arrivée à la conclusion qu'elle devait voir Mme Brownleigh et savoir si elle ressemblait à son fils, et si elle était le genre de mère qu'on s'attendrait à ce qu'un tel fils ait un tel fils. Elle sentait que dans ce spectacle pourrait se trouver son émancipation de l'envoûtement qui l'avait enfermée dans ses labeurs depuis son voyage dans l'Ouest. Elle espérait aussi secrètement que cela pourrait justifier ses rêves les plus chers sur ce qu'était sa mère.

"Pensez-vous que la dame d'en face serait gênée si j'allais voir ses belles fleurs ?" » fit-elle irruption chez le propriétaire étonné alors qu'il renversait sa chaise en arrière avec ses pieds sur une autre et se préparait à feuilleter le journal d'hier pour la troisième fois de la journée.

Il abattit sa chaise sur ses quatre pieds avec un bruit sourd et remonta son chapeau sur son front.

"Pas du tout, pas du tout, jeune femme. Elle est fière de montrer ses fleurs. C'est l'un des sites touristiques de Granville. Mis' Brownleigh adore avoir de la compagnie . Je vais juste lui dire que je lui ai envoyé Elle vous dira tout sur eux , et comme d' habitude, elle vous donnera un cadeau pour que vous preniez du temps. Elle est vraiment généreuse avec eux .

Il se dirigea vers la porte après elle en chancelant sur ses jambes raides et rhumatismales, et suggéra que les autres jeunes filles aimeraient peut-être l'accompagner, mais elles refusèrent toutes, au grand soulagement d'Hazel, et se moquèrent d'elle alors qu'elle choisissait son chemin. traversant la route poussiéreuse et ouvrit la porte blanche donnant sur la scène paisible au-delà.

Lorsqu'elle s'approcha de la place latérale , elle vit l'un des plus beaux visages qu'elle ait jamais vu. Les traits étaient délicats et superbement modelés, vieillis par les années et beaucoup de souffrance, mais charmants avec une paix qui n'avait permis aucune inquiétude. Une abondance de cheveux soyeux et ondulés, blancs comme de la neige battue, était empilée sur sa tête contre l'oreiller enneigé, et de doux yeux bruns faisaient battre rapidement le cœur de la jeune fille avec leur ressemblance avec ces autres yeux qui avaient autrefois regardé les siens.

Elle était vêtue d'une simple petite robe en mousseline blanche et grise avec une finition en forme de nuage blanc au niveau du cou et des poignets, et sur ses membres impuissants était jeté un léger afghan en laine rose et grise. Elle a pris une jolie photo alors qu'elle était allongée et a regardé son invité s'approcher avec un sourire d'intérêt et de bienvenue.

"Le propriétaire a dit que cela ne vous dérangerait pas si je venais voir vos fleurs," dit Hazel avec une voix timide et à moitié effrayée. Maintenant qu'elle était là, elle regrettait presque d'être venue. Ce n'était peut-être pas du tout sa mère, et que pouvait-elle dire de toute façon ? Pourtant, son premier aperçu lui a dit que c'était une mère dont elle pouvait être fière. "La plus belle mère du monde", il l'avait surnommée, et cette femme ne pouvait sûrement être autre que celle qui avait engendré un tel fils. Ses plus hauts idéaux de maternité semblaient réalisés lorsqu'elle contemplait le visage paisible de la invalide.

Et puis la voix ! Car la femme parlait maintenant, lui tendant une main blanche comme un lys et lui ordonnant de s'asseoir dans le fauteuil chinois en osier qui se trouvait à côté de celui à roulettes ; un grand coussin de soie verte au fond et un grand éventail en feuilles de palmier sur la table à côté.

"Je suis si heureuse que vous soyez venu", disait Mme Brownleigh . " Je me demandais si quelqu'un ne viendrait pas vers moi. Je garde mes fleurs en partie pour attirer mes amis, car je peux supporter beaucoup de compagnie puisque je suis toute seule. Vous êtes venu dans la grosse automobile qui est tombée en panne. " En bas, n'est-ce pas ? J'ai observé les jolies filles là-bas, avec leurs rubans et leurs voiles gais. Elles ressemblent à des fleurs humaines. Reposez-vous ici et dites-moi d'où vous venez et où vous allez, pendant qu'Amelia Ellen " Vous cueille quelques fleurs à emporter. Ensuite, vous irez parmi elles et verrez s'il y en a qui vous plaisent et qui lui ont manqué. Amelia Ellen ! Prenez votre panier et vos ciseaux et cueillez beaucoup de fleurs pour cette jeune femme. Il se fait tard. et ils n'ont plus beaucoup de temps pour fleurir. Il y a trois boutons blancs sur le rosier. Cueillez-les tous. Je pense qu'ils vont à votre visage, ma chère. Maintenant, enlevez votre chapeau et laissez-moi voir vos jolis cheveux sans les couvrir. Je veux que ton image soit gravée dans mon cœur pour pouvoir te regarder après ton départ. »

Et c'est ainsi qu'ils se mirent tout simplement à parler facilement l'un de l'autre, de la journée, du village et des fleurs.

"Vous voyez la petite église blanche en bas de la rue ? Mon mari en a été le pasteur pendant vingt ans. Je suis arrivée dans cette maison en tant qu'épouse et notre garçon est né ici. Ensuite, quand son père a été emmené, je suis resté ici avec les des gens qui l'aimaient. Le garçon était alors à l'université, se préparant à reprendre le travail de son père. Je suis resté ici depuis. J'aime les gens et ils m'aiment, et je ne pouvais pas vraiment être ému, vous savez. . Mon garçon est en Arizona, missionnaire à domicile ! » Elle l'a dit comme aurait pu dire la mère d'Abraham Lincoln : « Mon garçon est président des États-Unis ! Son visage arborait une sorte de gloire qui ressemblait étrangement à l'homme du désert. Hazel fut très émerveillée et comprit ce qui avait rendu son fils si grand.

« Je ne vois pas comment il pourrait partir et te laisser tranquille ! » éclata-t-elle presque amèrement. "Je devrais penser que son devoir était ici avec sa mère !"

"Oui, je sais", sourit la mère; "Ils disent cela, certains d'entre eux, mais c'est parce qu'ils ne comprennent pas. Vous voyez, nous avons donné Jean à Dieu quand il est né, et nous avons dès le début espéré qu'il choisirait d'être ministre et missionnaire. " Bien sûr , John a d'abord pensé, après le départ de son père, qu'il ne pouvait pas me quitter, mais je lui ai fait comprendre que je serais plus heureux ainsi. Il voulait que je l'accompagne, mais je savais que je ne devais être qu'un obstacle au voyage. travail, et je me suis rendu compte que ma part dans le travail était de rester à la maison et de le laisser partir. C'était tout ce qu'il me restait à faire après être devenue invalide. Et je me sens très à l'aise. Amelia Ellen prend soin de moi "Je suis comme un bébé, et il y a beaucoup d'amis. Mon garçon m'écrit de belles lettres deux fois par semaine et nous discutons si agréablement de notre travail. Il ressemble beaucoup à son père et il grandit chaque jour davantage. Peut-être", hésita-t-elle et fouilla sous la robe rose et argentée, "peut-être aimerais-tu lire un bout d'une de ses lettres. Je l'ai ici. Elle est arrivée hier et je ne l'ai lue que deux fois. Je ne me permets pas de les lire trop souvent car ils doivent durer au moins trois jours chacun. Peut-être que vous me le liriez à haute voix. J'aime parfois entendre les paroles de John à haute voix et Amelia Ellen n'a jamais passé beaucoup de temps à lire. Elle est particulière dans sa prononciation. Est-ce que ça te dérangerait de me le lire ? »

Elle tendit une lettre, écrite d'une main forte et libre, la même qui avait signé le nom de John Chadwick Brownleigh dans le petit livre. Le cœur de Hazel battait avec impatience et sa main tremblait alors qu'elle la tendait timidement vers la lettre. Quel miracle était-ce ! que sa lettre même était remise entre ses mains, celle qu'il aimait, pour la lire ! Était-ce possible ? Y aurait-il une erreur ? Non, sûrement pas. Il ne pouvait pas y avoir deux John Brownleigh , tous deux missionnaires en Arizona.

« Chère petite Mère à moi : » commença-t-il, et il plongea aussitôt dans la vie légère du pays occidental. Il avait assisté à un rassemblement de bétail la semaine précédente et il l'avait décrit minutieusement dans un langage concis et vivant, avec de nombreux éclairs d'esprit ou une touche de sagesse plus grave, et ici et là une expression enfantine qui le montrait jeune de cœur. et dévoué à sa mère. Il raconta une visite qu'il avait rendue aux Indiens Hopi, leurs étranges villages, chacun ressemblant à une gigantesque maison comportant de nombreuses pièces, appelée pueblo, construite sur les bords de hauts rochers ou mesas et ressemblant à d'immenses châteaux à cinq ou six cents pieds de haut. le sol du désert. Il a parlé de Walpi , un village situé au bout d'un grand promontoire, dont le seul accès est un étroit cou de terre de moins d'un mètre de large, avec un petit sentier creusé à plus d'un pied de profondeur dans la roche solide par les pieds de dix générations. en passant par là, où vivent aujourd'hui environ deux cent trente personnes dans un seul bâtiment. Il y avait sept de ces villages construits sur trois mesas qui s'étendent du désert du nord comme trois grands doigts, Oraibi , le plus grand, comptant plus d'un millier d'habitants. Il a expliqué que les explorateurs espagnols ont découvert ces Hopis en 1540, bien avant que les pèlerins ne débarquent à Plymouth Rock, et ont appelé le pays Tusayan. Il décrit ensuite une réunion remarquable qui s'est tenue au cours de laquelle les Indiens ont manifesté un profond intérêt pour les choses spirituelles et ont posé de nombreuses questions curieuses sur la vie, la mort et l'au-delà.

"Tu vois, chérie," dit la mère, les yeux brillants d'impatience, "tu vois à quel point ils ont besoin de lui, et je suis heureuse de pouvoir lui donner. Cela me fait participer au travail."

Hazel revint à la lettre et continua à lire pour cacher les larmes qui s'accumulaient dans ses propres yeux alors qu'elle regardait le visage exalté de la mère.

Il y avait un récit détaillé d'une conférence de missionnaires, pour laquelle le cavalier avait parcouru quatre-vingt-dix milles à cheval ; et à la fin il y avait une description exquise de l'endroit où ils avaient campé la dernière nuit de leur chevauchée. Elle le savait presque dès le premier mot, et son cœur battait si fort qu'elle pouvait à peine garder sa voix ferme pour lire :

"Je me suis arrêté pendant la nuit sur le chemin du retour dans un endroit que j'aime beaucoup. Il y a un grand rocher, en pente et en surplomb, pour s'abriter de toute tempête passagère, et tout près, un charmant boudoir vert de cèdres sur trois côtés, et un rocher au-dessus. quatrièmement. Un point d'eau abondant rend le camping facile pour moi et Billy, et les étoiles au-dessus sont de bons cierges. Ici, j'allume mon feu et je fais bouillir la bouilloire, je lis ma portion et je m'allonge pour regarder le ciel. Mère, j'aimerais que tu saches comme on se sent proche de Dieu dans le désert avec les étoiles. Hier soir, vers trois heures, je me suis réveillé pour raviver mon feu et observer un moment une grande comète, la plus belle depuis de nombreuses années. Je voudrais vous en parler mais je J'ai déjà rédigé cette lettre trop longue, et il est temps que Billy et moi repartions. J'aime cet endroit au bord du gros rocher et j'y reviens souvent au cours de mes voyages ; peut-être parce qu'ici j'ai campé une fois avec un ami cher et nous avons eu ensemble une agréable conversation autour de notre feu de broussailles. Cela rend le désert moins solitaire parce que j'imagine parfois mon ami encore allongé de l'autre côté du feu dans la lumière qui joue contre le gros rocher. Eh bien, ma petite mère, je dois terminer. Rassurez-vous, car on m'a laissé entendre que je pourrais être envoyé dans l'Est à l'Assemblée générale au printemps, et ensuite passer trois semaines entières avec vous ! Ce sera quand les fraises des bois seront sorties, et je te porterai dans mes bras et j'étendrai pour toi un lit sur la colline de fraises derrière la maison, et tu en cueilliras à nouveau de tes propres mains.

Avec un serrement de gorge soudain comme un sanglot, la lecture prit fin et Hazel, les yeux brillants de larmes, rendit respectueusement la lettre à la mère dont le visage était brillant de sourires.

"N'est-ce pas un garçon qui vaut la peine d'être offert ?" » demanda-t-elle en pliant la lettre et en la remettant sous la couverture rose et grise.

"C'est un super cadeau", dit Hazel à voix basse.

Elle était presque heureuse qu'Amelia Ellen lui ait apporté une brassée de fleurs à ce moment-là et qu'elle puisse enfouir son visage dans leur fraîcheur et cacher les larmes qui ne seraient pas retenues, et puis, avant qu'elle ait à moitié admiré leur beauté, il y eut un fort "Klaxon". -klaxonner!" de la route, suivi d'un autre plus impatient, et Hazel se rendit compte qu'elle était attendue.

"Je suis désolée, tu dois partir, chérie", dit la douce femme. "Je n'ai pas vu une fille aussi belle depuis des années, et je suis sûr que tu as aussi un cœur charmant. J'aimerais que tu puisses me rendre visite à nouveau."

"Je reviendrai un jour si vous me le permettez!" » dit impulsivement la jeune fille, puis elle se baissa et embrassa la douce joue de feuille de rose et s'enfuit sur le chemin en essayant de contrôler son émotion avant de rencontrer ses compagnons.

Hazel resta silencieuse pendant tout le reste du trajet et fut très motivée par sa solennité. Elle invoquait un mal de tête et fermait les yeux, tandis que chaque battement de cœur la transportait au fil des mois et la ramenait au petit camp sous le rocher sous les étoiles.

« Il s'en souvenait encore ! Il s'en souciait ! C'est ce que chantaient ses pensées joyeuses tandis que la voiture tournait en rond, et ses joyeux compagnons l'oubliaient et bavardaient sur leurs frivolités.

"Comme c'est merveilleux que je retrouve sa mère !" se répétait-elle encore et encore. Pourtant, ce n'était pas si merveilleux. Il lui avait donné le nom de la ville, et elle aurait pu venir ici de son propre gré à tout moment. Mais c'était étrange et beau que l'accident l'ait amenée directement à la porte de la maison où il était né et avait grandi ! Quelle belle et heureuse enfance il a dû avoir avec une mère comme celle-là ! Hazel se surprit à réfléchir avec mélancolie, hors du vide de sa propre enfance sans mère. Oui, elle retournerait un jour voir la douce mère ; et elle s'est mise à planifier comment cela pourrait se passer.

XI
REFUGE

Milton Hamar n'avait pas dérangé Hazel de tout l'été. De temps en temps, son père le mentionnait comme étant lié à des entreprises commerciales, et cela était ouvertement évoqué maintenant qu'il avait obtenu le divorce et que son ex-femme allait bientôt se remarier. Mais tout cela déplaisait fort à la jeune fille, à qui le moindre mot sur cet homme servait à évoquer la scène odieuse du désert.

Mais au début de l'automne, il réapparut parmi eux, retrouvant son ancienne attitude amicale envers toute la famille, passant déjeuner ou dîner quand cela lui plaisait. Il sembla choisir d'oublier ce qui s'était passé entre Hazel et lui, d'agir comme si cela ne s'était pas produit, et reprit son ancienne attitude enjouée d'extrême intérêt pour la fille qu'il avait toujours aimé . Hazel, cependant, trouvait dans son regard un certain air de propriété, une expression trop ouverte de son admiration qui était offensante. Elle ne pouvait pas oublier, essayer autant qu'elle le pouvait, pour le bien de son père, de pardonner. Elle s'éloignait de la compagnie de cet homme, l'évitait autant que possible, et enfin, quand il semblait presque omniprésent et de plus en plus insistant dans ses attentions, elle cherchait autour d'elle quelque intérêt absorbant qui la ferait sortir de sa sphère. .

Puis une étrange fantaisie la prit en sa possession.

C'était au milieu de la nuit qu'elle se présenta, alors qu'elle retournait depuis deux heures son oreiller luxueux, essayant en vain de tenter une somnolence qui ne viendrait pas, et elle se leva aussitôt et écrivit une lettre brève et pragmatique à le propriétaire de la petite auberge du New Hampshire où elle avait été retenue pendant quelques heures à l'automne. Le matin, fidèle à sa nature impulsive, elle assiégea son père jusqu'à ce qu'il lui donne la permission d'emmener sa servante et un de ses cousins âgés et tranquilles et de partir se reposer complètement avant le début de la saison mondaine.

C'était un étrange caprice de la part de sa fille papillon, mais l'homme occupé n'y voyait aucun mal et était pleinement convaincu que c'était simplement sa façon de punir pendant quelques jours un adepte trop ardent ; et, sûr qu'elle reviendrait bientôt, il la laissa partir. Elle avait fait ce qu'elle voulait toute sa vie, et pourquoi la contrarierait-il pour une affaire aussi simple que quelques jours de repos dans une auberge de campagne avec un chaperon respectable ?

La lettre adressée au propriétaire a été dépassée par un télégramme dont la réponse a renvoyé Hazel le lendemain matin, reconnaissante d'avoir pu s'enfuir pendant une absence temporaire de Milton Hamar et que son père avait promis de ne laisser aucune d'elle ses amis savent où elle se trouve. Son œil avait clignoté lorsqu'il avait fait cette promesse. Il savait exactement lequel de ses nombreux admirateurs était puni, mais il ne le lui dit pas. Il avait l'intention d'être très judicieux avec tous ses jeunes amis. Il confia ainsi ses intentions à Milton Hamar ce soir-là, sans penser que Hazel se soucierait de ce que leur vieil ami le sache.

Deux jours plus tard, Hazel, après avoir installé confortablement sa petite fête dans les meilleures chambres de l'auberge du New Hampshire, mettant à leur disposition une grande boîte de nouveaux romans et une autre de friandises, et envoyant des commandes pour que de nouveaux magazines soient expédiés, se rendit chez faire appel à la douce vieille dame vers laquelle son cœur se tournait avec avidité, avec un désir qui ne se dissipait pas, depuis cette première rencontre accidentelle ou providentielle.

Lorsqu'elle revint, malgré la première tempête de neige matinale, avec ses joues comme des roses d'hiver et son chapeau de fourrure tout garni de gros flocons blancs, elle trouva Milton Hamar assis devant le feu ouvert du bureau, rendant l'air lourd de son meilleur tabac, et fronçant les sourcils avec impatience à travers les fenêtres à petits carreaux.

L'air brillant disparut instantanément de son visage et la paix qu'elle avait presque captée chez la femme d'en face. Ses yeux brillèrent d'indignation et toute sa petite silhouette se raidit pour le combat qui, elle le savait, devait avoir lieu maintenant. Il n'y avait aucun doute sur son look. Milton Hamar comprit aussitôt qu'il n'était pas le bienvenu. Elle resta un instant avec la porte grande ouverte, soufflant une grande rafale d'air mordant à travers la grande pièce et sur son visage. Un nuage de fumée jaillit de la cheminée à sa rencontre et les deux se rapprochèrent devant l'homme, et formèrent un mur visible pendant une seconde entre lui et la jeune fille.

Il se leva d'un bond, un cigare à la main et une exclamation de colère aux lèvres. Le bureau, heureusement, était sans autre occupant.

"Pourquoi au nom de tout ce qui est impie m'as-tu emmené faire une course jusqu'à ce petit trou abandonné en plein hiver, Hazel ?" il pleure.

Hazel se redressa de toute sa hauteur et, avec la dignité qui lui convenait bien, lui répondit :

"Vraiment, M. Hamar , de quel droit me parlez-vous de cette façon ? Et de quel droit avez-vous le droit de me suivre ?"

"Le droit de l'homme qui va t'épouser !" il répondit avec férocité ; "Et je pense qu'il est temps que ces absurdités s'arrêtent. Ce n'est qu'une bêtise coquette, que vous veniez ici. Je déteste les imbéciles coquettes. Je ne pensais pas que vous aviez le courage de coqueter, mais il semble que toutes les femmes se ressemblent."

"M. Hamar , vous vous oubliez", dit doucement la jeune fille, se tournant pour fermer la porte afin de gagner du temps pour reprendre le contrôle de ses nerfs secoués. Elle eut une vision rapide de ce que ce serait si elle était mariée à un homme comme celui-là. Pas étonnant que sa femme soit tout à fait disposée à lui donner le divorce. Mais elle frémit en se retournant et en lui faisant face courageusement.

"Eh bien, pourquoi es-tu venu ici ?" » demanda-t-il d'un ton moins féroce.

"Je suis venue parce que je voulais me taire," dit Hazel en essayant de calmer sa voix, "et... je vais te dire toute la vérité. Je suis venue parce que je voulais m'éloigner de... toi ! Je n'ai pas aimé ta façon d'agir. envers moi depuis ce jour-là en Arizona.

Les sourcils farouches de l'homme se rejoignirent, mais une sorte de masque d'excuse recouvrait ses traits. Il s'aperçut qu'il était allé trop loin avec la jeune fille qu'il considérait à peine comme une enfant. Il avait cru pouvoir la modeler comme de la cire et que son mépris flétrirait instantanément ses ruses. Il la regarda fixement pendant une minute entière ; la jeune fille, bien que tremblante de tous ses nerfs, renvoyait un regard fixe et hautain.

"Tu veux dire ça ?" dit-il enfin.

"Je fais!" Sa voix était calme, mais elle était au bord des larmes.

"Eh bien, peut-être ferions-nous mieux d'en parler. Je vois que j'ai trop pris beaucoup de choses pour acquis. Je pensais que tu avais compris depuis un an ou plus ce qui se passait — pourquoi je le faisais."

"Vous pensez que j'avais compris ! Vous pensez que je serais prêt à participer à une chose aussi horrible que celle que vous avez faite !" Les yeux de Hazel brillaient maintenant de feu. Les larmes ont été ravalées.

"Asseyez-vous ! Nous en discuterons", dit l'homme en rapprochant une grande chaise d'été de la sienne. Ses yeux étaient rivés sur son visage avec approbation et il pensait à quelle belle image elle faisait dans sa colère.

"Jamais!" » dit rapidement la jeune fille. "Ce n'est pas une chose dont je pourrais parler. Je ne souhaite plus en parler. Je souhaite que vous quittiez cet endroit immédiatement", et elle se retourna d'un mouvement rapide et s'enfuit dans le vieil escalier pittoresque.

Elle resta dans sa chambre jusqu'à son départ, refusant catégoriquement de le voir, refusant de répondre aux longues lettres qu'il lui écrivait et lui envoyait ; et finalement, après un autre jour, il s'en alla. Mais il lui écrivit plusieurs fois, et revint deux fois, essayant chaque fois de la surprendre et de lui parler. La jeune fille commença à observer nerveusement chaque approche de l'étape quotidienne qui ramenait des voyageurs égarés de la gare à quatre milles de distance, et était en fait heureuse lorsqu'une forte tempête de neige les enfermait et rendait improbable que son visiteur indésirable s'aventure à nouveau dans le pays. .

La dernière fois qu'il est venu, Hazel l'a vu descendre de la voiture, et sans dire un mot à personne, bien que ce soit presque l'heure du dîner et que le début du crépuscule de l'hiver soit sur eux, elle a saisi son manteau de fourrure et s'est glissée dans l'escalier de service. à travers les ombres, de l'autre côté de la route, où elle a surpris la bonne Amelia Ellen en se jetant les bras autour du cou et en fondant en larmes dans le hall sombre de l'entrée, car le coup de vent hivernal venant de la porte ouverte a éteint la bougie, et Amelia Ellen resta un instant étonné et déconcerté dans le souffle du vent du nord avec les bras doux de la jeune fille excitée dans ses enveloppes de fourrure accrochés à ses épaules inhabituelles.

Amelia Ellen n'avait jamais eu beaucoup de belles choses dans sa vie, les soins de sa maîtresse de Dresde et son brillant jardin de fleurs ayant été jusqu'ici le couronnement de sa vie. Cette belle citadine avec ses vêtements exquis et son visage comme une fleur, jetée sur elle dans un appel soudain, faisait ressortir tout l'amour, la pitié et la sympathie latents dont Amelia Ellen avait une plus grande réserve que la plupart, cachés sous un extérieur simple et sévère. .

"Pour l'amour de la terre ! Peu importe ce qui vous arrive !" s'exclama-t-elle lorsqu'elle put parler avec étonnement, et à sa propre surprise, son bras entoura la jeune fille qui sanglotait dans une étreinte chaleureuse tandis que de l'autre main elle tendit la main pour fermer la porte. "Viens directement dans ma cuisine, installe-toi sur la grande chaise près du chat et laisse-moi te donner une tasse de thé. Ensuite, tu pourras dire à Mis' Brownleigh ce qui te trouble . Elle saura comment te parler. Je Je vais te servir du thé tout de suite.

Elle entraîna la jeune fille rétrécie dans la cuisine et, sortant le chat d'une chaise à bascule en patchwork, l'y poussa doucement. Il était caractéristique d'Amelia Ellen qu'elle n'envisageait pas de subvenir elle-même à ses besoins spirituels, mais savait que sa place était d'apporter un réconfort physique.

Elle ne dit aucun mot sauf au chat, l'exhortant à s'améliorer et à ne pas se mettre sous les pieds, tandis qu'elle se précipitait vers la boîte à thé, la boîte à pain, le sucrier et le placard à vaisselle . Bientôt, une tasse de thé parfumé fut servie devant l'invité inattendu, ainsi qu'un morceau de pain grillé délicat doré sur la braise, pour être beurré et mangé croustillant avec le thé ; et le chat se blottit confortablement aux pieds de Hazel pendant qu'elle buvait le thé et essuyait ses larmes.

"Tu vas penser que je suis un gros bébé, Amelia Ellen !" » s'écria Hazel en essayant de sourire honteusement, « mais je suis tellement fatiguée de la façon dont les choses se passent. Vous voyez, quelqu'un que je n'aime pas du tout est venu de New York dans le car du soir, et je me suis enfui pendant un moment. peu de temps. Je ne sais pas ce qui m'a fait pleurer. Je ne pleure jamais à la maison, mais quand je suis arrivé ici en toute sécurité, une grosse boule m'est venue dans la gorge et tu avais l'air si gentil et gentil que je n'ai pas pu retenir mes larmes. "

À partir de cet instant, Amelia Ellen, une fourchette à la main, observant les doux yeux bleus et le visage taché de larmes qui ressemblait à un bouton rose trempé après une tempête, aimait Hazel Radcliffe. Adieu, malheur, Amelia Ellen était désormais sa fervente admiratrice et accusée.

"Peu importe, chérie, tu manges juste ton thé et tu cours chez Mis' Brownleigh , et je vais prendre ma capuche et je cours pour dire à tes parents que tu es venu passer la nuit ici. Ensuite, tu Je passerai une soirée agréable à lire pendant que je couds, et tu pourras dormir tard le matin et rentrer quand tu seras prête. Personne ne peut te toucher ici. Je ne laisse pas entrer les gens par ici. nuit, je ne les connais pas ", et elle fit un clin d'œil entendu à la jeune fille en guise d'encouragement. Eh bien , elle savait qui était l'étranger indésirable de New York. Elle avait des yeux perçants et avait observé l'entrée de la voiture depuis la fenêtre bien fermée de sa cuisine.

Cette nuit-là, Hazel parla de Milton Hamar à son amie invalide et dormit dans le lit agréable qu'Amelia Ellen lui avait préparé, avec des draps de lin parfumés évoquant le mélilot. Son cœur était plus léger grâce aux conseils simples et aimables et au doux amour qui lui avaient été prodigués. Elle se demandait, alors qu'elle dormait à moitié le matin avec une légère odeur de café et de muffins pénétrant l'atmosphère, pourquoi elle pouvait aimer cette belle mère de son héros avec tant de tendresse qu'elle n'avait jamais aimé aucune autre femme. Était-ce parce qu'elle n'avait jamais connu sa propre mère et en avait désiré une toute sa vie, ou était-ce simplement parce qu'elle était *sa* chère mère ? Elle renonça à répondre à la question et descendit prendre son petit-déjeuner en souriant, puis traversa la route pour faire face à son amant indésirable, forte du courage que lui avaient donné un conseil amical.

Milton Hamar partit avant le dîner, enfin convaincu de l'inutilité de sa visite. Il engagea un homme avec un cheval et un cotre pour le conduire à travers le pays afin de prendre le New York Evening Express, et Hazel poussa un soupir de soulagement et commença à trouver un nouveau plaisir dans la vie. Son père était en voyage d'affaires pendant quelques semaines ; son frère était parti passer l'hiver à l'étranger avec un groupe d'amis d'université. Il n'y avait aucune raison réelle pour qu'elle retourne à New York pendant un certain temps, et elle décida de rester et d'apprendre de cette sainte femme comment considérer les choses de la vie avec sagesse. Dans son propre cœur, elle reconnaissait ouvertement qu'il y avait un profond plaisir à être près de quelqu'un qui parlait de l'homme qu'elle aimait.

donc dans les affaires et Hazel passa des jours heureux avec ses nouveaux amis, car Amelia Ellen était devenue une véritable amie dans le meilleur sens du terme.

La femme de chambre avait trouvé l'hiver à la campagne trop solitaire et Hazel l'avait trouvée inutile et l'avait renvoyée en ville. En association avec Amelia Ellen, elle apprenait à faire quelques choses par elle-même. La cousine âgée, dont les années avaient été difficiles à présenter un extérieur respectable, n'était que trop heureuse d'avoir le loisir et la tranquillité de lire et de broder à sa guise. Hazel était donc libre de passer beaucoup de temps avec Mme Brownleigh .

Ils lisaient ensemble, du moins Hazel faisait la lecture, car les yeux des plus âgés s'assombrissaient et il fallait être prudent pour éviter les terribles maux de tête qui survenaient à la moindre provocation et faisaient des journées un vide de souffrance pour l'âme charmante où la patience était de mise. ayant son travail parfait.

Le monde de la littérature s'est désormais ouvert par une nouvelle porte aux jeunes esprits enthousiastes. Des livres dont elle n'avait jamais entendu parler étaient à sa portée. De nouvelles pensées et sentiments furent suscités par eux. Quelques amis qui connaissaient Mme Brownleigh lors de leurs visites d'été, et d'autres qui avaient connu son mari, la tenaient bien approvisionnée en informations les plus récentes et toujours les meilleures : histoire, biographie, essais et fiction. Mais il y avait aussi des livres à caractère profondément spirituel et des magazines qui montraient à la jeune fille un monde nouveau, le monde religieux. Elle les lisait tous avec enthousiasme et appréciait profondément l'agréable conversation concernant chacun. Ses yeux s'ouvraient sur de nouvelles façons de vivre. Elle commençait à comprendre qu'il existait une existence plus satisfaisante que simplement passer d'un divertissement à l'autre. Et toujours, plus que pour toute autre chose qu'elle lisait, elle portait un intérêt des plus inhabituels à la littérature missionnaire domestique. Ce n'était pas parce que c'était si nouveau et étrange et ressemblait à un conte de fées, ni parce qu'elle savait que son amie aimait tellement entendre toutes ces nouvelles, mais parce que cela lui contenait l'histoire de l' homme qu'elle savait maintenant qu'elle aimait et qui avait a dit qu'il l'aimait. Elle voulait se mettre en contact avec un environnement comme le sien, mieux comprendre ce qu'il avait enduré, et pourquoi il n'avait pas osé lui demander de partager sa vie, ses épreuves, et surtout pourquoi il ne l'avait pas jugée digne de souffrir. avec lui.

Quand elle en avait assez de lire, elle sortait dans la cuisine et aidait Amelia Ellen. C'était son propre caprice d'apprendre à préparer certaines des bonnes choses à manger pour lesquelles Amelia Ellen était célèbre. Ainsi, tandis que ses amis du monde à la maison allaient d'une scène gay à l'autre, dansant et frivolant toute la nuit et dormant le matin, Hazel découvrait ses bras ronds et blancs, s'enveloppait dans un tablier propre à carreaux bleus et apprenait à faire du pain et du pain. tartes, pain d'épices, puddings, beignets et gâteaux aux fruits, comment cuisiner des viandes et des légumes, préparer de délicieux bouillons à partir de bric-à-brac, et concocter les desserts les plus délicieux qui tenteraient les appétits les plus fragiles. C'étaient de véritables vieilles choses de campagne – pas de salades raffinées, de fouets et de mousses que la société a chassés pour tenter son goût décroissant jusqu'à ce que tout s'efface. Elle écrivit à une de ses vieilles amies, qui lui demanda ce qu'elle faisait si longtemps là-bas à la campagne, en pleine saison, qu'elle suivait un cours de sciences domestiques et lui raconta avec joie son menu de réalisations. En secret, son cœur se réjouissait de devenir de moins en moins indigne de l'amour de celui chez qui et auprès de qui elle apprenait de douces leçons auprès de sa mère.

Il y avait bien sûr des lettres du missionnaire lointain. Hazel resta plus tard dans la cuisine le matin de leur arrivée, consciente d'une sorte de présence supplémentaire dans la chambre de sa mère lorsque ses lettres arrivaient. Elle savait que la mère aimait être seule avec les lettres de son fils et qu'elle évitait d'autres lectures pour eux seuls. Le visage plus âgé avait toujours une sorte de regard glorifié lorsque la jeune fille entrait après avoir lu sa lettre. La lettre elle-même était cachée, hors de vue, dans le sein de sa douce robe grise, pour être lue encore et encore lorsqu'elle était seule, mais elle était rarement sortie en présence du visiteur, tout comme la mère grandissait. J'aime cette fille. Il y avait souvent des nouvelles.

"Mon fils dit qu'il est très heureux d'avoir une si agréable compagnie cet hiver, et il veut que je vous remercie de sa part de m'avoir lu", dit-elle une fois, en tapotant la main de Hazel alors qu'elle rentrait la robe de laine autour de la forme impuissante de son amie. . Et encore:

"Mon fils commence à construire une église. Il en est très heureux. Jusqu'à présent, ils ont célébré leur culte dans une école. Il a collecté lui-même une grande partie de l'argent et il aidera à construire le bâtiment de ses propres mains."

La lettre suivante apportait une photographie, un petit instantané du canyon, minuscule, mais clair et distinct. La main de Hazel trembla lorsque la mère la lui donna à regarder, car elle connaissait précisément l'endroit. Elle crut que c'était tout près de l'endroit où ils s'étaient arrêtés pour prendre de l'eau. Elle sentait à nouveau le souffle frais du canyon, l'odeur humide de la terre et des fougères, et entendait le cri de l'oiseau sauvage.

Puis un jour arriva un magazine missionnaire avec un court article sur le travail de l'Arizona et une photo du missionnaire monté sur Billy, tout prêt à partir de sa petite cabane pour une tournée missionnaire.

Hazel, tournant les feuilles, tomba sur le tableau et retint son souffle avec étonnement et ravissement ; puis jeta un rapide coup d'œil sur l'article, son cœur battant à tout rompre comme si elle avait entendu sa voix l'appeler soudain au-delà des distances qui les séparaient. Elle a passé un moment formidable à surprendre la fière maman avec la photo et à lire l'article. Depuis ce matin, ils semblaient avoir un lien plus tendre entre eux, et un jour, juste avant qu'Hazel ne parte pour la nuit, la mère tendit une main pour la retenir et la posa sur le bras de la jeune fille. "J'aurais aimé que mon garçon et vous fassiez connaissance, chérie," dit-elle avec mélancolie. Et Hazel, dont la riche couleur inondait aussitôt son visage, répondit avec hésitation :

« Oh, pourquoi… j'ai… l'impression… presque… que… si… nous l'*étions !* » Puis elle embrassa son amie sur la joue douce et se précipita vers l'auberge.

C'est cette nuit-là que arriva le télégramme annonçant que son père avait été grièvement blessé dans un accident de chemin de fer et qu'il serait immédiatement ramené à la maison. Elle n'eut alors pas le temps de penser à autre chose que de rassembler ses affaires et de se précipiter vers New York.

XII

QUALIFICATION AU SERVICE

Durant les six semaines de souffrance persistante qui ont suivi l'accident, Hazel n'a jamais été loin du chevet de son père. Il semblait qu'un nouveau lien de compréhension s'était établi entre eux.

Il était très bas et il y avait peu d'espoir dès le début. À mesure qu'il s'affaiblissait, il semblait ne jamais vouloir que sa fille soit hors de vue, et un jour, lorsqu'il se réveilla brusquement pour la trouver près de lui, un sourire de soulagement s'étala sur son visage, et il lui dit en quelques mots qu'il avait rêvé qu'elle était là. perdue à nouveau en Arizona, et qu'il l'avait recherchée parmi les bêtes sauvages hurlant partout et les hommes méchants rôdant dans les grottes sombres. Il lui raconta comment, pendant cette période horrible de sa disparition, il avait été hanté par son visage alors qu'elle n'était qu'un petit bébé après la mort de sa mère, et il lui semblait qu'il deviendrait fou s'il ne parvenait pas à la retrouver immédiatement.

Puis, pour le calmer, elle lui parla du missionnaire et de la douceur avec laquelle il l'avait soignée ; Elle lui raconta tous les petits détails agréables du chemin, mais pas, bien sûr, son amour pour elle ni celui de la sienne pour lui. Peut-être que le père, avec les yeux vifs de leur proximité avec l'autre monde, a discerné quelque chose de son intérêt pendant qu'elle parlait, pour une fois il a soupiré et a dit, en référence à la vie de sacrifice que menait le missionnaire : « Eh bien, je ne sais pas. je sais, mais de telles choses valent plus la peine après tout.

Et puis, avec un élan soudain, elle lui raconta qu'elle avait retrouvé sa mère et pourquoi elle avait voulu aller à la campagne en pleine saison mondaine, parce qu'elle voulait en savoir plus sur la vie paisible que menait cette femme.

"Peut-être le reverrez-vous. Qui sait ?" dit le père en regardant avec nostalgie sa charmante fille, puis il détourna la tête et soupira de nouveau.

Alors que la confiance grandissait entre eux, elle lui fit part un jour de la proposition malvenue de Milton Hamar , et l'indignation du père ne connut aucune limite.

C'est alors qu'elle osa lui lire un extrait du petit livre et lui raconter le culte qui se faisait sous les étoiles dans le désert. C'était devenu une habitude entre eux, à mesure que les jours diminuaient, qu'elle lisait le petit livre, et ensuite il restait toujours tranquille comme s'il dormait.

C'est sur les paroles du précieux psaume qu'il ferma les yeux pour la dernière fois au monde, et ce fut le psaume qui réconforta le cœur de la fille lorsqu'elle revint dans la maison vide après les funérailles.

Son frère était là, c'est vrai, mais il avait peur de la mort, et voulait retrouver son monde, ce voyage européen où il avait laissé ses amis, et surtout une jeune comtesse gaie qui lui avait souri. Il était impatient de mourir et de souffrir. Hazel vit qu'il ne pouvait pas comprendre sa solitude, alors elle lui ordonna de partir dès que la décence le permettrait, et il ne tarda pas à lui obéir. Il avait suivi sa propre voie toute sa vie, et même la mort ne devait pas le lui refuser.

Le travail des infirmières qualifiées qui s'étaient occupées de son père intéressait profondément Hazel. Elle leur avait parlé de leur vie et de leurs préparatifs, et lorsqu'elle ne supportait plus la grande maison vide avec pour seule compagnie tante Maria, revenue juste avant la mort de M. Radcliffe, elle décida de devenir elle-même infirmière.

Sa décision a fait beaucoup de bruit parmi ses connaissances, et tante Maria a trouvé qu'il n'était pas tout à fait respectable de sa part de faire une chose aussi excentrique et si peu de temps après la mort de son père. Elle aurait préféré qu'elle descende à Lakewood pendant quelques semaines, puis qu'elle suive son frère sur l'eau pendant un an ou deux de voyage ; mais Hazel était très déterminée et, avant la fin du mois de janvier , elle fut admise à l'hôpital, grâce à l'influence de leur médecin de famille, et subissait sa première initiation.

Il n'était donc pas facile d'abandonner sa vie consistant à faire exactement ce qu'elle voulait quand elle le voulait, et de devenir servante sous ordre. Son dos lui faisait souvent mal, et ses yeux devenaient lourds à cause de l'observation et du ministère, et elle était presque prête à abandonner. Alors la pensée de l'homme du désert lui redonna courage et force. Il lui vint à l'esprit qu'elle participait avec lui à la grande œuvre du royaume, et avec cette pensée, elle se lèverait et se remettrait à cette étrange nouvelle œuvre, jusqu'à ce que son intérêt pour les individus qu'elle servait devienne profond et qu'elle comprenne. dans une certaine mesure, c'est la raison de la gloire devant le missionnaire alors qu'il parlait à la lumière des étoiles de son travail.

Souvent, son cœur se tournait avec nostalgie vers son amie invalide du New Hampshire, et elle se reposait en écrivant une longue lettre et chérissait les réponses délicatement écrites. De temps en temps, il y avait une légère référence à « mon fils » dans ces lettres. À mesure que le printemps approchait , ils devenaient plus fréquents, car en mai se tiendrait l'Assemblée générale, et le fils devait être l'un des orateurs. Comme son cœur battait quand elle lisait que c'était désormais certain. Quelques jours plus tard, lorsqu'elle lisait par hasard dans le quotidien un article sur les projets de l'Assemblée et découvrait pour la première fois que celle-ci devait se réunir à New York, elle se trouva dans un frémissement de joie. Serait-il possible qu'elle l'entende parler ? C'était la grande question qui revenait et revenait dans son esprit. Pourrait-elle faire en sorte qu'elle soit sûre d'être en congé lorsque son heure viendrait de parler ? Comment a-t-elle pu découvrir tout cela ? Par la suite, son intérêt pour les nouvelles ecclésiastiques des journaux quotidiens est devenu profond.

Puis le printemps arriva avec son air languissant et son dur travail, avec souvent un appel à veiller lorsqu'elle était accablée par la lassitude, ou à accomplir quelque tâche inhabituelle qui éprouvait son âme indisciplinée. Mais les journaux étaient remplis de l'Assemblée à venir, et enfin du programme et de son nom !

Elle avait établi ses plans avec le plus grand soin, mais le cas qui lui avait été confié cette semaine-là était très bas, mourant, et la femme s'était prise d'affection pour elle et l'avait suppliée de rester près d'elle jusqu'à la fin. Elle faisait partie de la nouvelle Hazel, même si son cœur se soulevait en signe de protestation et que des larmes de déception continuaient de lui monter aux yeux. L'infirmière en chef les a marqués avec désapprobation et a dit au médecin de maison que Radcliffe ne ferait jamais grand cas d'une infirmière ; elle n'avait aucun contrôle sur ses émotions.

La mort est arrivée, presque trop tard, et l'a libérée pour l'après-midi, mais il n'y avait qu'une demi-heure avant l'heure fixée pour son discours, elle était à trois milles du lieu du rendez-vous et toujours en uniforme. C'était presque insensé d'essayer. Néanmoins, elle se précipita vers sa chambre et enfila un petit costume de ville simple, celui qui s'enfilerait le plus vite, et s'en alla.

Il semblait que tous les taxis, voitures et modes de transport avaient conspiré pour la gêner, et cinq minutes avant l'heure fixée pour le prochain discours, elle se précipita, essoufflée, dans le couloir sombre d'une grande église bondée et monta les escaliers jusqu'à la galerie. , à travers les portes silencieuses en cuir qui pouvaient à peine s'ouvrir à la foule à l'intérieur, et j'entendis enfin… *sa* voix !

Elle était en haut de la galerie. Des hommes et des femmes se tenaient tout près d'elle. Elle ne pouvait même pas apercevoir la plate-forme avec sa rangée d'hommes nobles dont la consécration, le pouvoir et l'intellect avaient fait d'eux de grands chefs religieux. Elle ne pouvait pas voir le jeune personnage imposant debout au bord de la plate-forme, ni saisir l'éclair de ses yeux bruns alors qu'il tenait le public en son pouvoir pendant qu'il racontait l'histoire simple de son travail occidental ; mais elle pouvait entendre la voix, et elle allait droit à son cœur solitaire et triste. Immédiatement, l'église avec sa masse humaine compacte, son plafond voûté et sculpté, ses magnifiques vitraux, son orgue merveilleux et ses installations coûteuses, disparut de sa vue, et au-dessus se dressait un dôme bleu foncé percé d'étoiles et de montagnes. au loin avec une ouverture de canyon et un feu vacillant. Elle entendit la voix parler depuis son environnement naturel, même si ses yeux étaient fermés et pleins de larmes.

Il a terminé son histoire dans un silence haletant de la part de son auditoire, puis, sans presque interrompre sa voix, il a parlé à Dieu dans l'une de ses prières édifiantes. La jeune fille, tremblante, presque en sanglotant, se sentit incluse dans la prière, sentit à nouveau la protection d'une Présence invisible, sentit la bénédiction dans sa voix lorsqu'il disait « Amen » et en fit écho dans son âme.

Le public était toujours silencieux tandis que l'orateur se tournait pour se asseoir au fond de la tribune. Une tempête d'applaudissements avait été rendue impossible par cette prière, car le ciel s'est ouvert avec ces paroles et Dieu a baissé les yeux et a eu affaire à chaque âme présente. Mais les applaudissements éclatèrent en un instant, car l'orateur avait chuchoté quelques mots à l'animateur et s'était dépêché de quitter la tribune. On criait : « N'y allez pas ! Dites-nous-en plus ! Continuez jusqu'à six heures ! Hazel ne pouvait rien voir, même si elle tendait le cou et se tenait sur la pointe des pieds, mais elle joignit fermement ses mains lorsque les applaudissements retentirent, et son cœur résonna à chaque son.

La clameur cessa un instant lorsque l'animateur leva la main et expliqua que le frère qu'ils avaient tous écouté avec tant de plaisir serait heureux de leur parler plus longtemps, mais qu'il s'empressait de prendre le train pour voir son invalide. mère qui attendait son garçon depuis deux longues années. Une pause, un grand soupir de sympathie et de déception, puis les applaudissements reprennent et se poursuivent jusqu'à ce que le jeune missionnaire ait quitté l'église.

Hazel, amèrement déçue, se retourna et s'éclipsa. Elle n'avait pas aperçu son visage bien-aimé. Elle exultait d'avoir entendu l' honneur qui lui était rendu, d'avoir fait partie de ceux qui se réjouissaient de son pouvoir et de sa consécration, mais elle ne pouvait pas le laisser partir sans lui jeter au moins un regard.

Elle descendit aveuglément les escaliers, sortit dans la rue et aperçut une voiture debout devant la porte. La portière venait d'être fermée, mais alors qu'elle le regardait, il se tourna et regarda un instant dehors, levant son chapeau en signe d'adieu à un groupe de ministres qui se tenaient sur les marches de l'église. Puis la voiture l'emporta et le monde devint soudain vide.

Elle se trouvait derrière les hommes sur les marches, juste dans l'ombre de la porte obscure. Il ne l'avait pas vue et, bien sûr, ne l'aurait pas reconnue s'il l'avait vue ; et pourtant, maintenant, elle réalisait qu'elle avait espéré… oh… que n'avait-elle pas espéré en le rencontrant ici !

Mais il était parti, et cela pourrait prendre des années avant qu'il ne revienne vers l'Est. Il l'avait complètement exclue de sa vie. Il ne penserait plus à elle s'il venait ! Oh, la solitude d'un monde comme celui-ci ! Pourquoi, oh pourquoi, était-elle déjà allée dans le désert pour apprendre le vide de sa vie, alors qu'il n'y en avait pas d'autre pour elle nulle part !

Les jours qui suivirent furent très tristes et durs. La seule pensée qui l'aidait maintenant était qu'elle aussi avait essayé de donner sa vie pour quelque chose qui valait la peine, comme lui, et peut-être que cela pourrait être accepté. Mais il y avait maintenant un profond trouble dans son âme, quelque chose qu'elle savait ne pas avoir et qu'elle désirait inexprimablement avoir. Elle avait appris à cuisiner et à allaiter. Elle n'était pas aussi inutile que lorsqu'elle chevauchait sans souci dans le désert. Elle avait surmonté une grande partie de son indignité. Mais il y avait encore un grand obstacle qui la rendait impropre à la compagnie et au partenariat avec l'homme du désert. Elle n'avait pas dans son cœur et dans sa vie quelque chose qui était la source et le centre du sacrifice de soi. Elle était toujours indigne.

Il y avait une longue lettre vers le premier juin de son amie du New Hampshire, écrite de manière plus fragile, pensait-elle, que celles qui l'avaient précédée, et puis il y eut un intervalle sans aucune réponse à la sienne. Elle n'avait cependant pas le temps de s'en inquiéter, car le temps était inhabituellement chaud et l'hôpital était plein. Ses forces étaient mises à rude épreuve pour accomplir ses tâches quotidiennes. Tante Maria l'a grondé et a insisté pour prendre des vacances, et finalement, en grande colère, elle s'est rendue en Europe pour l'été. Les quelques amis avec lesquels Hazel entretenait des relations se précipitèrent vers les montagnes ou la mer, et l'été s'installa dans les affaires.

Et maintenant, pendant les nuits très chaudes, quand elle était allongée sur son petit lit, trop fatiguée pour dormir, elle aurait cru entendre de nouveau cette voix alors qu'il parlait dans l'église, ou autrefois dans le désert ; et parfois elle croyait sentir la brise de la nuit du désert sur son front brûlant.

L'infirmière en chef et le médecin de la maison ont décidé que Radcliffe avait besoin d'un changement et ont suggéré de passer quelques jours à la côte avec un patient en convalescence, mais le cœur de Hazel s'est détourné de cette pensée et elle a insisté pour rester à son poste. Elle s'accrochait à l'idée qu'elle pouvait au moins être fidèle. C'était ce qu'il ferait, et en cela elle serait comme lui et digne de son amour.

C'était la dernière pensée qui lui venait à l'esprit avant de s'évanouir dans le large escalier de marbre avec un petit bébé dans les bras et de tomber au fond. Le bébé n'était pas blessé, mais il fallut beaucoup de temps à l'infirmière pour reprendre conscience, et encore plus pour lui redonner du cœur.

"Elle n'est pas faite pour ce travail !" » entendit-elle déclarer la langue mordante de l'infirmière en chef. "Elle est trop fragile, trop jolie et... émotive. Elle ressent les problèmes de tout le monde. Maintenant, je ne laisse plus jamais une affaire m'inquiéter le moins du monde !" Et le médecin de maison la regarda d'un air entendu et dit dans son cœur :

"N'importe qui le saurait."

Mais Hazel, qui écoutait, était plus découragée que jamais. Et là aussi, elle a échoué et a été jugée indigne !

Le lendemain matin, Amelia Ellen lui envoya une note brève et directe : « Chère Mis Raclift , si jadis une infirmière de train , pourquoi ne jouirais -tu pas et ne pas prendre soin de ma Mis Brownleigh ? Elle n'est plus depuis longtemps et elle est fatiguée de te voir. Elle comme je dois hev one, une infirmière de train , je veux dire Yors respectfooly Amelia Ellen Stout.

Après un entretien avec le médecin de maison et un autre avec son ancien médecin de famille, Hazel a emballé ses uniformes et est partie pour le New Hampshire.

C'est le soir de son arrivée, après que la douce malade ait été préparée à dormir et laissée dans le calme et l'obscurité, qu'Amelia Ellen a raconté l'histoire :

"Elle n'est plus la même depuis le retour de John. On dirait qu'elle a en quelque sorte senti qu'il ne reviendrait pas tant qu'elle était en vie . Le lendemain, elle m'a raconté beaucoup de choses qu'elle voulait faire après son départ. , et depuis, elle est prête à quitter cette terre. Non pas qu'elle soit sombre, oh, mes sens non ! Elle est aussi intéressée que possible par ses fleurs, et par les gens, et par l'église, mais elle ne le fait pas. Je ne veux pas essayer de faire tant de choses, et elle a des crises de faiblesse, d'évanouissement plus souvent, et plus de douleur dans son cœur. Elle reste assise pendant de longues heures à plaisanter, sa Bible ouverte maintenant, mais atterrir, elle n'a pas besoin de lire. Elle le sait surtout par cœur, ce sont les parties vivantes , vous savez. Elle ne semble plus se soucier de ces articles de magazines maintenant. J'aimerais que ce soit le pays où ils seraient un autre Gen'l'Sembly ! _ _ C'était la chose la plus formidable pour elle. Elle a agi en plaisantant comme si elle s'occupait de chacune de ces réunions . Eh bien, elle ne pouvait pas attendre que je fasse la vaisselle de mon petit-déjeuner. Elle voudrait que je la soigne pour la journée, puis que je m'asseye et que je lise leurs actes . « Nous sommes d'accord pour laisser les choses aller, tu sais, » Meelia Ellen, disait-elle avec son doux petit sourire, « juste jusqu'à la fin de la réunion . Puis, quand ce sera fini, ils n'auront plus le temps de travailler et de se reposer aussi, Meelia Ellen, dit-elle. Eh bien, on dirait qu'elle « s'occupait » elle-même de ces réunions , c'est pareil si elle était là. Elle faisait sa sieste comme si c'était une pilule, euh quelque chose du genre , puis elle était bien éveillée et prête à se rafraîchir l'après-midi , puis elle surveillait la scène pour apporter le journal du soir . John, il a reçu toute une charrette de papiers envoyés, et le jour où il a parlé, ils étaient tellement nombreux que je n'ai pas pu préparer mon pain. J'aurais dû emporter un pain à l'auberge. C'est la première fois que ça m'arrive. Je plaisantais, il me fallait me mettre à lire jusqu'à ce que mon dos me fasse mal et que mes yeux nagent. Je n'ai jamais autant lu de toute ma vie pour le moment ; et j'ai aussi fait pas mal de lecture au cours de ma vie, avec la garde d'elle et la compagnie d'un professeur . fille invalable un été.

"Wal, on dirait qu'elle a continué à plaisanter, à devenir travailleuse et travailleuse , jusqu'à ce que le ' Sembly ferme, et' il est venu; et elle était claire au sommet du tas pendant toutes ces trois semaines. pendant qu'il était ici. Eh bien, je ne l'ai jamais vue aussi brillante depuis que j'étais petite et que j'allais à son cours d'école du dimanche, et qu'elle portait un bonnet garni d'un ruban de corde de luth et d'une rose à l'intérieur. à propos des roses - il n'y en avait pas une dans le jardin aussi brillante et rose que ses deux joues, et ses yeux brillaient comme les siens dans le monde entier. J'étais terriblement troublé de peur qu'elle ne s'effondre, mais elle l'a fait. t. Elle est devenue de plus en plus brillante. Laissez-le l'emmener dehors , et laissez-le la porter dans le verger et la coucher sous les branches de pommiers où elle pourrait atteindre elle-même une fraise des bois. Eh bien, elle ne l'aurait pas fait . Ben, je suis sorti du porche depuis qu'il est parti il y a deux ans. Mais chaque jour où il restait, elle devenait plus lumineuse. Le dernier jour avant son départ, elle ne semblait pas malade du tout. Elle voulait se lever tôt, et " elle ne voulait pas faire de sieste, parce qu'elle disait qu'elle ne pouvait pas perdre une minute de la dernière journée. Eh bien, en fait , elle s'est levée une fois de plus et l'a fait traverser le porche. Elle ne restait pas debout plus d' une minute pendant dix mois, et c'était plus qu'elle ne pouvait rester debout. Elle était aussi brillante et heureuse toute la journée, et quand il s'en alla, elle agita la main aussi heureuse et sourit et dit qu'elle était heureuse de pouvoir le renvoyer à son travail. Mais elle n'a jamais dit un mot sur son retour . Il n'arrêtait pas de dire qu'il reviendrait au printemps prochain, mais elle se contentait de sourire, et lui disait qu'il ne pourrait peut-être pas quitter son travail, et que tout allait bien. Elle voulait qu'il soit fidèle.

"Eh bien, il est parti, et l'entraîneur n'est plus descendu de la colline, puis est remonté et a disparu derrière le pont avant de m'appeler et de dire : " Meelia Ellen, Je crois que je suis fatigué de tout ce qui s'est passé, et si cela ne vous dérange pas , je pense que je vais faire une sieste. Alors je l'aide à entrer dans sa chambre et je l'installe dans ses affaires de nuit et depuis , elle est couchée depuis, et cela fait six semaines entières si c'est un jour. Chaque matin, pendant un moment, j'y allais et disais : " Ain " . " Tu n'es pas prête à ce que je te soigne pour la journée, Mis' Brownleigh ?" Et elle souriait en plaisantant et disait : " Eh bien, je ne pense pas tout de suite, " Meelia Ellen. Je pense que je vais encore me reposer aujourd'hui. Peut-être que je me sentirai plus forte demain " ; mais demain n'arrive jamais, et je pense qu'elle ne se réveillera plus jamais .

Les larmes coulaient maintenant sur les joues de la bonne femme et les yeux de Hazel étaient également brillants de larmes. Elle avait remarqué la transparence des chairs délicates, la fragilité des mains ridées. Les paroles de la femme lui ont également apporté la conviction.

"Que dit le docteur ?" » demanda-t-elle, reprenant un espoir.

"Eh bien, il n'est pas grand-chose pour parler", a déclaré Amelia Ellen en soulevant son visage taché de larmes de son tablier en vichy où il avait été courbé. "On dirait que ces deux- là viennent d'avoir un secret entre eux. ils ne diront rien à ce sujet. On dirait qu'il comprend et sait qu'elle ne veut pas que les gens en parlent ni s'inquiètent pour elle."

"Mais son fils…" balbutia Hazel. "Il faudrait le lui dire !"

"Oui, mais ça ne sert à rien, elle ne te laissera pas faire. Je lui ai demandé une fois, elle ne voulait pas que je lui écrive pour qu'il vienne lui rendre une petite visite juste pour l'égayer, et elle l'a secouée. tête et avait l'air vraiment effrayée, et elle dit: " Meelia Ellen, ne va jamais l' envoyer sans lui" faites - moi savoir. Je n'aimerais *pas* qu'il *soit grand* . Il est là-bas en train de faire son travail, et je suis plus heureux qu'il le fasse. Un missionnaire ne peut pas faire un tour du pays à chaque fois qu'un parent est un peu déprimé. Je plaisante parfaitement, ' Meelia Ellen, seulement j'ai été assez dur pendant ' ' la semaine de Sembly , et quand John était là, et ' je me repose pendant un moment. Si je veux que John nous envoie, je vous le dirai, mais *ne le faites pas avant !* Et je pense vraiment qu'elle serait en colère contre moi si je le faisais. Elle fait beaucoup d'efforts pour donner son fils, et cela la gâterait en quelque sorte , je suppose , de le faire revenir chaque fois qu'elle a faim de lui. Je crois au fond de mon cœur qu'elle a l'intention de s'éclipser tranquillement et de ne pas le déranger pour lui dire au revoir. Cela me semble vraiment bien ."

Mais les jours suivants, le malade s'éclaira sensiblement et Hazel commença à être rassurée. Ils eurent une douce conversation ensemble, et la jeune fille entendit la longue et agréable histoire de la visite de son fils à la maison tandis que la mère s'attardait avec amour sur chaque détail, le racontant encore et encore, jusqu'à ce que l'auditeur sente que chaque endroit en vue de la fenêtre de l'invalide était parfumé de sa mémoire. Elle appréciait le conte autant que le conteur et savait exactement comment donner la réponse qu'une femme aimante attend d'une autre femme aimante lorsqu'elle parle de l'être aimé.

Puis, lorsque l'histoire fut racontée encore et encore et qu'il n'y avait plus rien à raconter à part le souvenir agréable d'un discours drôle ou d'un événement tendre, Hazel commença à poser des questions plus profondes sur les choses de la vie et de l'éternité ; et pas à pas, la femme plus âgée la conduisit sur le chemin qu'elle avait conduit son fils tout au long de son enfance.

Pendant ce temps , elle semblait redevenir plus forte. Il y avait des jours où elle restait assise un moment et les laissait déposer les repas sur une petite table pivotante près de sa chaise ; et elle prit un profond intérêt à conduire la jeune fille vers une connaissance céleste. Chaque jour, elle demandait son matériel d'écriture et écrivait pendant un petit moment ; pourtant Hazel remarqua qu'elle n'envoyait pas tout ce qu'elle avait écrit dans l'enveloppe des lettres hebdomadaires, mais qu'elle le rangeait soigneusement dans son portefeuille d'écriture comme s'il s'agissait de quelque chose encore inachevé.

Et un soir de fin septembre, alors que les derniers rayons du coucher de soleil reposaient sur le pied du fauteuil roulant et qu'Amelia Ellen était en train d'allumer un petit feu dans la cheminée parce qu'il semblait froid, la mère appela Hazel et lui tendit lui une lettre scellée et adressée à son fils.

"Cher," dit-elle doucement, "je veux que tu prennes cette lettre, que tu la ranges soigneusement et que tu la gardes jusqu'à mon départ, et ensuite je veux que tu me promettes que, si possible pour toi de le faire, tu la donneras. à mon fils de tes propres mains.

Hazel prit la lettre avec respect, le cœur rempli de crainte et de chagrin et se pencha anxieusement sur son amie. "Oh, pourquoi", s'écria-t-elle, "qu'est-ce qu'il y a ? Vous sentez-vous plus mal ce soir ? Vous avez semblé si brillant toute la journée."

"Pas du tout", dit gaiement le malade. "Mais j'écris ceci depuis longtemps - une sorte d'adieu à mon garçon - et il n'y a personne au monde que je voudrais qu'on le lui donne aussi bien qu'à vous. Cela vous dérangera-t-il de me promettre , Mon cher?"

Hazel, avec des baisers et des larmes, protesta qu'elle serait heureuse de remplir cette mission, mais elle demanda qu'on lui permette de faire venir immédiatement son fils bien-aimé, car elle savait que voir son visage serait bon pour sa mère.

Finalement , ses craintes furent apaisées, même si elle n'était pas du tout sûre qu'il ne fallait pas envoyer chercher son fils, et lorsque la malade fut heureusement endormie, Hazel alla dans sa chambre et essaya de réfléchir à la manière dont elle pourrait écrire une lettre qui Cela n'alarmerait pas le jeune homme, mais cela le ramènerait aux côtés de sa mère. Elle prévoyait elle-même comment elle partirait pendant quelques jours, afin qu'il n'ait pas besoin de la retrouver ici. Elle écrivit plusieurs petites notes raides mais aucune ne la satisfaisait. Son cœur avait envie d'écrire : "Oh, ma chérie ! Viens vite, car ta mère bien-aimée a besoin de toi. Viens, car mon cœur réclame ta vue ! Viens tout de suite !" Mais finalement, avant de s'endormir, elle cacheta et adressa une lettre digne de Miss Radcliffe, l'infirmière qualifiée de sa mère, lui suggérant de lui rendre au moins une brève visite à ce moment-là, car elle devait s'absenter quelques jours, et elle sentit que sa présence lui ferait plaisir. soyez une chose sage. Sa mère ne semblait pas aussi bien que lorsqu'il était avec elle. Puis elle s'allongea confortablement pour dormir. Mais la lettre n'a jamais été envoyée.

Au petit matin, lorsque la fidèle Amelia Ellen se glissait de son canapé dans l'alcôve juste à côté de la chambre de l'invalide et allait toucher une allumette au feu soigneusement allumé dans la cheminée, elle passa devant le lit et, comme cela avait été le cas auparavant. sa coutume depuis des années, jeta un coup d'œil pour voir si tout allait bien pour son patient ; elle comprit aussitôt que le doux esprit de la mère s'était enfui.

Le visage légèrement détourné, un sourire de bonne nuit sur les lèvres et la paix de Dieu sur son front, la mère était entrée dans son repos.

XIII
L'APPEL DU DÉSERT

Hazel, les yeux aveuglés par les larmes et le cœur gonflé par la perte de la femme sur la maternité de laquelle elle avait fini par se sentir légitime, brûla la lettre qu'elle avait écrite la nuit précédente et envoya un télégramme soigneusement rédigé, le cœur soupirant d'émotion. sympathie envers le fils endeuillé.

"Votre chère mère est rentrée chez elle, tranquillement, dans son sommeil. Elle ne semblait pas plus mal que d'habitude, et ses derniers mots étaient de vous. Faites-nous savoir immédiatement quels projets nous ferons. Infirmière Radcliffe." C'est le télégramme qu'elle a envoyé.

La pauvre Amelia Ellen était complètement brisée. Son bon sens pratique l'avait pour une fois fui. Elle ne ferait que pleurer et gémir pour le malade bien-aimé qu'elle avait servi si longtemps et si fidèlement. C'était à Hazel de prendre toutes les décisions, même si les voisins et les vieux amis étaient très gentils en leur proposant de l'aide. Hazel attendait anxieusement une réponse au télégramme, mais la nuit tombait et aucune réponse n'était venue. Il y avait eu une tempête et quelque chose n'allait pas avec les câbles. Le lendemain matin, cependant, elle envoya un autre télégramme, et vers midi encore un troisième, sans encore de réponse. Elle pensa qu'il n'avait peut-être pas attendu pour télégraphier, mais qu'il était parti immédiatement et qu'il pourrait être avec eux dans quelques heures. Elle a regardé la scène du soir, mais il n'est pas venu ; Elle réalisa alors à quel point son cœur battait à tout rompre et se demanda comment elle aurait eu la force de le rencontrer s'il était venu. Il y avait la lettre de sa mère et sa promesse. Elle avait cette excuse pour sa présence – bien sûr, elle n'aurait pas pu partir dans ces circonstances. Pourtant, elle recula devant la réunion, car cela semblait en quelque sorte une violation de l'étiquette que ce soit elle qui rompe la séparation qu'il avait choisi entre eux.

Cependant il ne vint pas, et le troisième matin, alors qu'il devenait impératif de savoir quelque chose de précis, un télégramme adressé à l'agent de la station d'Arizona apporta la réponse que le missionnaire était parti pour un long voyage parmi quelques tribus indiennes ; que l'on ne savait pas exactement où il se trouvait, mais que des messagers avaient été envoyés après lui et que des nouvelles seraient envoyées dès que possible. Le pasteur et les anciens voisins consultèrent Amelia Ellen et Hazel et élaborèrent des plans simples pour les funérailles, mais espérèrent et retardèrent le plus longtemps possible, et quand enfin, après des télégrammes répétés, la réponse arriva encore : « Le messager n'est pas encore revenu. » ils transportèrent le corps épuisé de la femme dans un lieu de repos tranquille à côté de son mari bien-aimé dans le cimetière à flanc de colline où les érables tendres dispersaient une couverture lumineuse sur le nouveau monticule, et le ciel se courbait haut avec une sorte de rappel triomphant de l'endroit où l'esprit était parti.

Hazel essayait d'avoir chaque détail comme elle pensait qu'il l'aurait souhaité. Les voisins apportèrent de grandes quantités de leurs fleurs et quelques amis de la ville, anciens résidents d'été, envoyèrent des roses de serre. Le ministre a dirigé le magnifique service de foi, et les enfants du village ont chanté autour du cercueil de leur vieille amie, qui les avait toujours aimés tous, les mains pleines des fleurs tardives de son propre jardin, écarlate, bleu et or, comme s'il s'agissait d'une joyeuse occasion. En effet, Hazel avait l'impression, même en se déplaçant dans le silence de la présence de la mort, qu'elle participait à une fête solennelle de joie profonde au lieu d'un enterrement - tant l'espoir de celui qui était parti avait été glorieux, tant triomphant de sa foi en son Sauveur .

Une fois les funérailles terminées, Hazel s'assit et écrivit une lettre racontant tout cela, la remplissant de sympathie, essayant de montrer leurs efforts pour que les choses soient comme il l'aurait souhaité, et exprimant une profonde tristesse qu'ils aient été obligés de continuer. le service sans lui.

Cette nuit-là, un message arriva de l'agent de la gare d'Arizona. Le missionnaire avait été retrouvé dans un hogan indien lointain avec une cheville disloquée. Il fit dire qu'il ne fallait pas l'attendre ; qu'il arriverait à temps, si possible. Un message ultérieur, le lendemain, indiquait qu'il n'était toujours pas en mesure de voyager, mais qu'il rejoindrait le chemin de fer dès que possible. Puis vint un intervalle de plusieurs jours sans aucune nouvelle de l'Arizona.

Hazel allait et venait avec Amelia Ellen, mettant de l'ordre dans la maison, écoutant la belle plainte de la servante au cœur aimant et en deuil tandis qu'elle racontait les petits incidents de sa maîtresse. Voici la chaise sur laquelle elle s'était assise la dernière fois qu'elle était montée à l'étage pour superviser le réglage du ressort, et c'était la petite robe de bébé de M. John dans laquelle il avait été baptisé. Sa mère l'a aplani et lui a raconté un jour l'histoire de sa beauté de bébé. Elle l'avait elle-même rangé dans la boîte avec les chaussures bleues et le bonnet au crochet. C'était la dernière fois qu'elle montait les escaliers.

Il y avait la robe en soie grise qu'elle portait lors des mariages et des dîners avant la mort de son mari, et en dessous, dans la malle, se trouvait la mousseline blanche brodée qui était sa robe de mariée. Il était jaune avec le temps et délicat comme une toile d'araignée, avec des broderies givrées jaunies éparpillées de manière étrange sur sa forme ancienne et une touche de vraie dentelle. Hazel posa une main respectueuse sur le vieux tissu et sentit, en parcourant les trésors de la vieille malle, qu'un sanctuaire intérieur de douceur s'était ouvert à elle.

Enfin une lettre arriva de l'Occident.

Il était adressé à « Miss Radcliffe, infirmière », de la main ferme et claire de Brownleigh , et commençait : « Chère madame ». La main de Hazel trembla en l'ouvrant, et la « chère madame » lui fit monter les larmes aux yeux ; mais bien sûr, il ne le savait pas.

Il la remercia, avec toute la bonté et la courtoisie du fils de sa mère, pour ses soins auprès de sa chère mère, et lui raconta beaucoup de choses agréables que sa mère avait écrites sur ses soins. Il a parlé brièvement de son immobilisation boiteuse dans la réserve indienne et de son profond chagrin de n'avoir pas pu venir vers l'Est pour être aux côtés de sa mère pendant ses dernières heures, mais il a ajouté que cela avait été le souhait de sa mère à plusieurs reprises. a exprimé qu'il ne devait pas quitter son poste pour venir vers elle, et qu'il n'y avait « aucune tristesse d'adieu » lorsqu'elle « s'embarquait », et que même si c'était dur pour lui, il savait que c'était l'accomplissement des désirs de sa mère. Et maintenant qu'elle était partie, et que le dernier regard sur son cher visage était impossible, il avait décidé qu'il ne pouvait pas encore supporter de rentrer à la maison et de voir tous les endroits chers et familiers sans son visage. Il attendrait un peu, jusqu'à ce qu'il se soit habitué à l'idée qu'elle soit au paradis, et alors ce ne serait pas si dur. Peut-être ne rentrerait-il pas avant le printemps prochain, à moins que quelque chose ne l'appelle ; il ne pouvait pas le dire. Et de toute façon, sa blessure à la cheville l'empêche actuellement de faire le voyage, même s'il en avait envie. La lettre de Miss Radcliffe lui avait dit que tout avait été fait exactement comme il l'aurait fait. Rien de plus ne rendait sa venue nécessaire. Il avait écrit à l'avocat de sa mère pour arranger les quelques affaires de sa mère, et il ne lui restait plus qu'à exprimer sa profonde gratitude envers ceux qui avaient soutenu sa chère mère quand cela lui était devenu impossible. Il a terminé en demandant que l'infirmière lui donne son adresse permanente afin qu'il puisse être sûr de la retrouver lorsqu'il aurait la possibilité de revenir dans l'Est, car il aimerait la remercier face à face pour ce qu'elle avait été pour sa mère.

C'était tout.

Hazel sentit un vertige s'installer sur elle alors qu'elle terminait la lettre. Cela l'éloignait à nouveau d'elle, avec des années peut-être avant de le revoir. Elle semblait soudain terriblement seule dans un monde qui ne l'intéressait plus. Où devrait-elle aller ? que to faire de sa vie maintenant ? Retour à la dure routine de l'hôpital sans personne pour s'en soucier, et aux scènes et tragédies déchirantes qui se déroulaient quotidiennement ? D'une manière ou d'une autre, sa force semblait l'abandonner à cette pensée. Ici aussi, elle avait échoué. Elle n'était pas apte à vivre cette vie, et les gens de l'hôpital l'avaient découvert et l'avaient renvoyée pour soigner son amie et essayer de se rétablir. Ils avaient été gentils et avaient parlé du moment où elle devrait revenir vers eux, mais elle savait au fond de son cœur qu'ils la sentaient inapte et ne voulaient pas qu'elle revienne.

Doit-elle rentrer chez elle, convoquer son frère et sa tante, et se replonger dans la société ? L'idée même la rendait malade. Elle ne se soucierait plus jamais de cette vie, elle en était certaine. Alors qu'elle cherchait dans son cœur ce dont elle avait vraiment envie, voire quelque chose dans le monde entier, elle découvrit que son seul intérêt était le champ missionnaire de l'Arizona, et maintenant que son cher ami était parti, elle ne savait plus quoi que ce soit. beaucoup à ce sujet.

Elle se ressaisit au bout d'un moment et informa Amelia Ellen de la décision de M. Brownleigh , et ensemble ils planifièrent comment la maison devait être fermée et tout mis en ordre pour attendre le retour de son maître. Mais cette nuit-là, Hazel ne put dormir, car soudain, au milieu de ses tristes réflexions, lui vint la pensée de la lettre qui lui était confiée.

Il avait été oublié pendant les jours pénibles qui avaient suivi la mort de son auteur. Hazel n'y avait pensé qu'une seule fois, et cela le premier matin, avec une sorte de réflexion réconfortante que cela aiderait son fils à supporter son chagrin, et elle était heureuse que ce soit son privilège de le lui remettre entre les mains. Puis les perplexités de l'occasion l'avaient chassé de ses pensées. Maintenant, elle revenait comme une lumière rapide dans un endroit sombre. Il y avait encore la lettre qu'elle devait lui remettre. C'était un lien précieux qui le lierait à elle encore un peu de temps. Mais comment devrait-elle le lui donner ?

Doit-elle l'envoyer par courrier ? Non, car ce ne serait pas tenir la lettre de sa promesse. Elle savait que la mère souhaitait qu'elle le lui donne elle-même. Alors, devrait-elle lui écrire et le convoquer immédiatement dans son ancienne maison, lui parler de la lettre et pourtant refuser de la lui envoyer ? Comme cela semble étrange ! Comment pourrait-elle lui expliquer ? Le caprice de sa mère pourrait être sacré pour lui – cela le serait, bien sûr – mais il trouverait étrange qu'une jeune femme en fasse autant au point de ne pas confier la lettre au courrier maintenant que les circonstances l'empêchaient de le faire. allez tout de suite.

Il ne lui suffirait pas non plus de conserver la lettre jusqu'au moment où il jugerait bon de retourner en Orient et de la retrouver. Cela pourrait prendre des années.

La question déroutante tournait dans son esprit pendant des heures jusqu'à ce qu'elle formule enfin un plan qui semblait résoudre le problème.

Le plan était le suivant. Elle persuaderait Amelia Ellen de faire un voyage en Californie avec elle et, en chemin, ils s'arrêteraient en Arizona et remettraient la lettre entre les mains du jeune homme. À ce moment-là, sa cheville blessée serait sans aucun doute suffisamment solide pour lui permettre de revenir du voyage vers la réserve indienne. Elle disait qu'elle allait vers l'Ouest et, comme elle avait promis à sa mère de lui remettre la lettre entre les mains, elle en avait profité pour s'arrêter et tenir sa promesse. Le voyage serait également une bonne chose pour Amelia Ellen et lui permettrait de oublier sa solitude face à la maîtresse disparue.

Avec empressement, elle a abordé le sujet avec Amelia Ellen le lendemain matin et a été accueillie par un visage vide de consternation.

"Je ne pourrais pas, de toute façon, tu le réparerais, ma chérie," dit-elle tristement en secouant la tête. "Je n'aimerais rien de mieux que de voir ces grands arbres en Californie dont j'ai entendu parler toute ma vie ; un été et un hiver avec de la neige sur les montagnes, ce que racontent certains pensionnaires de l' auberge. theMais je ne peux pas y arriver. Vous voyez, c'est comme ça. Peter Burley et moi avons presque douze ans maintenant , et quand il m'a demandé , j'ai dit non, je ne pouvais pas partir. Ma femme Brownleigh a longtemps eu besoin de moi ; et il dit que je l'épouserai la semaine après sa mort, et je crois que je n'aimais pas cette façon lamentable de le dire ; et il dit bien, alors, Je l'épouse la semaine d'après, elle n'a plus besoin de moi, et je dis que oui, je le ferai, et maintenant je dois garder mes promesses ! Je ne peux pas revenir sur ma parole fidèle. J'aimerais vraiment bien pour voir ces grands arbres, mais je dois garder mes promus ! Tu vois, il a attendu longtemps , et il est vraiment patient. Il ne peut pas toujours me voir chaque semaine, et il pourrait être un tuk. Delmira qui cuisinait à l'auberge il y a cinq ans. Elle l'avait eu en une minute , et elle a fait de son mieux pour l'avoir, mais il est resté fidèle, et il a dit, dit lui, " Meelia Eh bien , si tu veux tenir parole, j'attendrai si c'est toute une vie, mais j'espère que tu n'y arriveras pas plus longtemps que tu en as besoin ; et la nuit où il a dit que je l' avais promulgué à nouveau, je serais bientôt à lui et toujours j'étais libre de faire ce qui me plaisait. J'aimerais voir ces grands arbres, mais je ne peux pas le faire. Je ne peux pas le faire."

Hazel n'était pas une jeune femme qui rechignait facilement dans ses projets une fois qu'ils étaient faits. Elle était convaincue que la seule chose à faire était de faire ce voyage et qu'Amelia Ellen était la seule personne au monde qu'elle souhaitait pour compagne ; c'est pourquoi elle fit immédiatement la connaissance de Peter Burley, un homme aux sourcils épais, réfléchi et impassible, qui ressemblait à son caractère d'amant patient, chaque centimètre de lui, sa salopette bleue et tout. Le cœur de Hazel se trompa presque lorsqu'elle dévoila son plan à ses oreilles étonnées, et vit l'air de consternation vide qui envahit son visage. Pourtant, il n'avait pas attendu toutes ces années pour refuser désormais quoi que ce soit de raisonnable à sa chérie. Il poussa un profond soupir, demanda combien de temps le voyage comme prévu prendrait, admettait qu'il "pouvait attendre encore un mois si cela lui convenait", et se tourna patiemment vers sa cour de grange pour réfléchir à ses pensées las et mis ses espoirs un peu plus loin. devant. Puis le cœur de Hazel s'est trompé. Elle l'appela et lui suggéra que peut-être il aimerait peut-être se marier d'abord et partir avec eux, prenant l'excursion comme un voyage de noces. Elle paierait volontiers toutes les dépenses s'il le faisait. Mais l'homme secoua la tête.

"Je ne pouvais pas laisser le stock aussi longtemps, peu importe comment vous le réparez. Jeudi personne ne saurait prendre ma place. D'ailleurs, je n'ai jamais fait de voyages ; mais ' Meelia Ellen, elle est aussi d'un caractère plus vif, et si elle a envie de Californie , je pense qu'elle sera plus gentille et plus contente comme si elle les voyait d'abord et s'installait ensuite à Granville. Elle ferait mieux d'y aller pendant qu'elle en a l' occasion ."

Amelia Ellen a succombé, mais en larmes. Hazel ne pouvait pas dire si elle était plus heureuse ou plus triste face à la perspective qui s'offrait à elle. Tantôt Amelia Ellen pleurait et déplorait le sort du pauvre Burley, tantôt elle se demandait s'il existait réellement de grands arbres comme ceux que l'on voyait dans les géographies avec des groupes de cavaliers assis tranquillement dans des tunnels à travers leurs troncs. Mais elle finit par consentir à partir, et, sous les injonctions répétées des voisins admiratifs et envieux venus les accompagner, Amelia Ellen dit au revoir en sanglotant à son amant solennel, dans l'aube grise d'un matin d'octobre, monta dans le scène à côté de Hazel, et ils sont partis dans le mystère du grand monde. Alors qu'elle regardait son Peter, patient, courbé et gris dans la rue familière du village, s'occupant de son amour de départ qui partait visiter le monde, Amelia Ellen aurait presque sauté par-dessus le volant et repartirait en courant si elle l'avait fait. pas à ce que diraient les voisins , car son cœur était celui de Burley ; et maintenant que les grands arbres tiraient plus fort que Burley, et qu'elle avait décidé d'aller les voir, Burley commença, par son simple consentement, à tirer plus fort que les grands arbres. C'est une Amelia Ellen en larmes qui monta dans le train quelques heures plus tard, regardant tristement, désespérément, vers l'ancienne étape qu'ils venaient de quitter, et se demandant après tout si elle reviendrait un jour à Granville saine et sauve. D'étranges craintes la visitaient quant aux dangers qui pourraient survenir à Burley pendant son absence, et si cela se produisait, elle ne se pardonnerait jamais de l'avoir quitté ; d'étranges horreurs de la manière dont les choses pourraient empêcher son retour ; et elle commença à considérer son compagnon de voyage jusqu'alors bien-aimé avec presque une certaine suspicion, comme si elle était une conspiratrice contre son bien-être.

Cependant, à mesure que les kilomètres s'allongeaient et que les merveilles du chemin se multipliaient, Amelia Ellen commença à s'asseoir et à remarquer, et à avoir une sorte d'exultation excitée, qu'elle était venue ; car n'approchaient-ils pas maintenant du grand Ouest célèbre, et ne serait-il pas bientôt temps de voir les grands arbres et de rentrer chez eux ? Elle était presque heureuse d'être venue. Elle serait tout à fait heureuse de l'avoir fait une fois de retour chez elle saine et sauve.

C'est ainsi qu'un soir, vers le coucher du soleil, ils arrivèrent à la petite gare d'Arizona qu'Hazel avait laissée il y a plus d'un an dans la voiture privée de son père.

XIV
MAISON

Amelia Ellen, raidie par le voyage inhabituel, poudrée par la poussière du désert, fatiguée par l'excitation du voyage et le manque de sommeil au milieu de son environnement étrange, descendit sur la plate-forme en bois et observa la magnifique distance qui la séparait du n'importe où ; Elle observa le vaste vide, avec d'horribles montagnes pourpres et des étendues illimitées de terrain multicolore arqué par un dôme de ciel, plus haut, plus large et plus éblouissant que son âme sévère du New Hampshire n'avait jamais imaginé, et se tourna, paniquée, vers le train qui s'éloignait déjà de la petite gare. Sa première sensation avait été celle du soulagement de sentir à nouveau la terre ferme sous ses pieds, car c'était le premier voyage au monde qu'Amelia Ellen effectuait jamais, et les voitures la déconcertaient. Sa deuxième impulsion fut de remonter dans ce train aussi vite que ses pieds le pouvaient et d'accomplir cet horrible voyage afin qu'elle puisse gagner le droit de retourner dans sa maison tranquille et son fidèle amant.

Mais le train était bien parti. Elle en prenait soin avec envie. Elle pourrait continuer son travail et ne pas devoir s'arrêter dans ce désert sauvage.

Elle regarda à nouveau autour d'elle avec le regard effrayé qu'un enfant abandonné jette avant de plisser les lèvres et de crier.

Hazel parlait calmement avec l'homme à l'air rude sur la plate-forme, qui portait un large chapeau de feutre et un pistolet à la ceinture. Il n'avait même pas l'air respectable aux yeux provinciaux d'Amelia Ellen. Et derrière lui, l'horreur des horreurs ! surgit un véritable Indien vivant, cheveux longs, pommettes saillantes, couverture et tout, exactement comme elle les avait vus en géographie ! Son sang s'est glacé ! Pourquoi, oh pourquoi, avait-elle jamais été obligée de faire cette chose audacieuse : quitter la civilisation et s'éloigner de son bon homme et de la maison tranquille qui l'attendait vers une mort certaine dans le désert. Toutes les histoires d'horribles scalpages qu'elle avait jamais entendues apparurent devant sa vision excitée. Avec un halètement, elle se tourna de nouveau vers le train qui partait, qui n'était plus qu'un simple point dans le désert, et alors même qu'elle semblait disparaître au détour d'un virage et se perdait dans les contreforts sombres d'une montagne !

Pauvre Amélia Ellen ! Sa tête tourna et son cœur se serra. La vaste prairie l'enveloppait, pour ainsi dire, et elle restait tremblante et regardait, hébétée, dans l'attente d'une attaque venant de la terre, de l'air ou du ciel. Le ciel et le sol semblaient chanceler ensemble et menaçaient de l'éteindre, et elle ferma les yeux, reprit son souffle et pria pour Pierre. En cas d'urgence, elle avait toujours eu l'habitude de prier pour Peter Burley.

Ce n'était pas mieux quand ils l'emmenèrent au restaurant de l'autre côté de la voie ferrée. Elle se frayait un chemin parmi les hommes à l'air méchant et examinait avec dédain la longue table à manger avec son fardeau de nourriture grossière et ses sièges, refusant d'ôter son chapeau lorsqu'elle arriva dans la pièce où la femme sale les avait montrés parce qu'elle il a dit qu'il n'y avait aucun endroit convenable où le déposer; elle dédaignait le lit simple, refusait de se laver les mains au lavabo fourni pour tous et se rendait plus désagréable que Hazel n'avait imaginé que sa douce et serviable Amelia Ellen aurait pu l'être. Elle ne souperait pas, et elle ne resterait pas longtemps à table après que les hommes eurent commencé à entrer, avec des yeux curieux vers les étrangers.

Elle se dirigea vers le porche brut et sans toit et regarda l'immensité sombre, effrayée par l'étrangeté sauvage, effrayée par les montagnes imminentes, effrayée par la multitude d'étoiles. Elle a dit que c'était ridicule d'avoir autant de stars. Ce n'était pas naturel. C'était irrévérencieux. C'était comme regarder le ciel de trop près alors que ce n'était pas prévu.

Et puis un bruit à glacer le sang s'est élevé ! Cela lui faisait dresser les cheveux. Elle se tourna avec des yeux fous et attrapa le bras de Hazel, mais elle était trop effrayée pour émettre un son. Hazel venait juste de sortir pour s'asseoir avec elle. Les hommes, par déférence envers les étrangers, s'étaient retirés de leur fumoir habituel sur le porche, à l'arrière du tas de bois derrière la maison. Ils étaient seuls, les deux femmes, là-bas, dans le noir, avec ce bruit affreux, affreux !

Les lèvres blanches d'Amelia Ellen encadraient les mots « Indiens » ? "Guerre-whoop" ? mais sa gorge refusait le son et sa respiration était courte.

« Coyotes ! » rit Hazel, sûre de sa vaste expérience, avec une voix presque joyeuse. Le bruit de ces bêtes lointaines lui assura qu'elle était enfin au pays de sa bien-aimée et son âme se réjouit.

"Coy—oh———" mais la voix d'Amelia Ellen se perdait dans les recoins de son oreiller maigre où elle s'était enfuie pour enterrer ses oreilles surprises. Elle avait entendu parler des coyotes, mais elle n'avait jamais imaginé en entendre un en dehors d'un jardin zoologique , qu'elle avait lu et qu'elle espérait toujours visiter un jour. Là, elle s'allongea sur son petit lit dur et trembla jusqu'à ce qu'Hazel, riant toujours, vienne la trouver ; mais tout ce qu'elle put obtenir de cette pauvre âme, c'était une plainte pitoyable au sujet de Burley. "Et que dirait-il si je devais être avec l'une de ces créatures ? Il ne me pardonnerait jamais, jamais, jamais aussi longtemps que je vis ! Je n'avais pas besoin de venir. Je n'avais pas besoin de venir." "Il ne faut pas que je vienne !"

Rien de ce que Hazel pourrait dire ne pourrait apaiser ses craintes. Elle écouta avec horreur la jeune fille tenter de montrer à quel point les bêtes étaient inoffensives en racontant sa propre randonnée nocturne dans le canyon et comment rien ne lui faisait de mal. Amelia Ellen la regarda simplement avec un regard figé, rendu plus féroce par la flamme vacillante de la bougie, et répondit d'un ton sourd : « Et tu savais à propos d'eux depuis longtemps, et pourtant tu m'as amené ! Ce n'est pas ce que je pensais que tu ' Je le ferai ! Burley, il ne me fera jamais de mal aussi longtemps que je vivrai si je me lève. Ce n'est pas ez si j'étais tout seul au monde, tu sais. Je lui ai fait penser à un "Je ne peux pas me permettre de courir aucun risque d' être " et, *si vous le pouvez*.

Elle ne dormit pas un instant cette nuit-là et, lorsque le matin se leva et aux horreurs de la nuit s'ajoutèrent un télégramme d'un voisin de Burley disant que Burley était tombé de la fauche et s'était cassé la jambe, mais il lui envoya ses respects et espérant qu'ils feraient un bon voyage, Amelia Ellen est devenue incontrôlable. Elle a déclaré qu'elle ne resterait pas une minute de plus dans cet horrible pays. Qu'elle prendrait le premier train pour revenir vers son New Hampshire bien-aimé, qu'elle ne quitterait plus jamais tant que sa vie serait épargnée, à moins que Burley ne l'accompagne. Elle n'attendrait même pas que Hazel ait livré son message. Comment deux femmes seules pourraient-elles délivrer un message dans un pays comme celui-là ? Jamais, *jamais* elle ne monterait, ne conduirait ou ne marcherait, non, ni même ne mettrait les pieds sur le sable du désert. Elle restait assise près de la voie ferrée jusqu'à ce qu'un train arrive et elle ne regardait même pas plus loin que nécessaire . La frénésie de peur qui saisit parfois les gens simples à la vue d'une grande étendue d'eau ou d'un torrent rugissant se déversant sur un précipice, s'était emparée d'elle à la vue du désert. Cela remplissait son âme de son immensité, et la pauvre Amelia Ellen avait une grande envie de s'asseoir sur la plate-forme de bois et de s'agripper fermement à quelque chose jusqu'à ce qu'un train vienne la tirer de cet affreux vide qui avait tenté de l'engloutir.

Pauvre Peter, avec sa jambe cassée, c'était son cri bizarre ! On aurait pu croire qu'elle l'avait cassé avec les roues de la voiture dans laquelle elle s'était éloignée de lui, tant elle s'en prenait et s'en voulait. La tragédie d'un vœu rompu et ses conséquences ont été le sujet de son discours. Hazel a ri, puis a argumenté, et enfin a pleuré et supplié ; mais rien ne pouvait servir. Elle s'en irait, et cela rapidement, chez elle.

Lorsqu'il devint évident que les disputes et les larmes ne servaient à rien et qu'Amelia Ellen était déterminée à rentrer chez elle avec ou sans elle, Hazel se retira sous le porche et prit conseil avec le désert dans sa luminosité matinale, avec les montagnes violettes et attrayantes, et le ciel souriant. Reprendre le train qui s'arrêterait à la gare dans une demi-heure, avec le désert là-bas, et ce pays merveilleux, et ses gens étranges et nostalgiques, sans même apercevoir celui qu'elle aimait ? Revenir avec la lettre toujours en sa possession et son message toujours non transmis ? Jamais! Elle n'avait sûrement pas peur de rester assez longtemps pour le faire venir. La femme qui les avait nourris et hébergés pour la nuit serait sa protectrice. Elle resterait. Il devait y avoir quelque part dans les environs quelque femme raffinée et cultivée chez qui elle pourrait passer quelques jours jusqu'à ce que sa course soit accomplie ; et que valait sa formation à l'hôpital si elle ne lui donnait pas une certaine indépendance ? Ici, dans l'Ouest sauvage et libre, les femmes devaient se protéger. Elle pourrait sûrement rester dans les quartiers inconfortables où elle se trouvait un autre jour jusqu'à ce qu'elle puisse en parler au missionnaire. Elle pourrait alors décider si elle devait poursuivre seule son voyage vers la Californie ou rentrer chez elle. Il n'y avait vraiment aucune raison pour qu'elle ne voyage pas seule si elle le souhaitait ; beaucoup de jeunes femmes l'ont fait et, de toute façon, l'urgence n'était pas de son choix. Amelia Ellen se rendrait malade à cause de son Burley, c'était clair, si elle était retenue ne serait-ce que quelques heures. Hazel revint vers Amelia Ellen, presque démente, avec son menton fermement incliné et une petite paire droite de ses douces lèvres qui trahissaient son entêtement. Le train arriva peu de temps après et, en pleurs mais ferme, Amelia Ellen monta à bord, consternée à l'idée de quitter sa chère demoiselle, mais obstinément déterminée à partir. Hazel lui donna le billet et beaucoup d'argent, chargea le conducteur de s'occuper d'elle, lui fit un adieu courageux et retourna seule vers le désert.

Une brève conférence avec la femme qui les avait reçus, qui était aussi l'épouse du chef de gare, fit ressortir que le missionnaire n'était pas encore revenu de son voyage, mais un message reçu de lui quelques jours auparavant parlait de son probable revenez le lendemain ou après-demain. La femme conseilla à la dame de se rendre au fort où les visiteurs étaient toujours les bienvenus et où il y avait un luxe plus adapté aux habitudes de l'étranger. Elle regardait avec envie les vêtements délicats de son invité pendant qu'elle parlait, et Hazel, très consciente de la signification de son regard, se rendit compte que la femme, comme le missionnaire, l'avait jugée inapte à la vie dans le désert. Elle était à moitié déterminée à rester où elle était jusqu'au retour du missionnaire et à montrer qu'elle pouvait s'adapter à n'importe quel environnement, mais elle voyait que la femme avait hâte de la voir partir. Cela l'a probablement dissuadée d'avoir un invité d'un autre monde que le sien.

La femme lui a dit qu'un fidèle messager indien était venu du fort et qu'il reviendrait bientôt. Si la dame s'en souciait, elle pourrait prendre un cheval et partir sous son escorte. Elle ouvrit les yeux avec émerveillement lorsque Hazel lui demanda s'il devait y avoir une femme dans la fête et si elle ne pouvait pas quitter son travail pendant un petit moment et venir avec eux si elle la payait bien pour le service.

"Oh, tu n'as pas besoin d'apporter aucune de ces belles dames ici!" » déclara-t-elle grossièrement. "Nous n'avons pas le temps de faire de telles bêtises. Vous n'avez pas besoin d'avoir peur de rentrer avec Joe. Il s'occupe des femmes du fort. Il s'occupera bien de vous. Vous pourrez embaucher des parents . un cheval à monter, et attachez vos bagages. Votre malle, vous les parents, partez d'ici.

Hazel, à moitié effrayée par la position dans laquelle elle s'était laissée placer, réfléchit aux paroles de la femme et, après avoir vu le visage impassible de l'Indien, décida d'accepter son escorte. C'était un vieil homme au visage plissé et aux yeux tristes qui semblaient pouvoir révéler de grands secrets, mais il y avait cela dans son visage qui lui faisait confiance, elle ne savait pas pourquoi.

Une heure plus tard, ses bagages les plus essentiels attachés à l'arrière de la selle sur un petit poney à l'air méchant, Hazel, avec un sentiment de profonde excitation, montèrent à cheval et s'éloignèrent derrière l'Indien solennel et silencieux. Elle se rendait au fort pour demander refuge, jusqu'à ce que sa course soit accomplie, aux seules femmes de la région qui seraient susceptibles de l'accueillir. Elle avait le sentiment que ce qu'elle faisait était une démarche des plus sauvages et des plus peu conventionnelles et elle subirait la grave condamnation de sa tante et de tous ses amis new-yorkais. Elle était très reconnaissante qu'ils soient loin et ne puissent pas intervenir, car d'une manière ou d'une autre, elle sentait qu'elle devait le faire de toute façon. Elle doit remettre cette lettre, de ses propres mains, en possession de son propriétaire.

C'était une matinée des plus glorieuses. La terre et les cieux semblaient nouvellement créés pour le jour. Hazel ressentait dans son âme une joie qui ne s'atténuerait pas, même lorsqu'elle pensait à la pauvre Amelia Ellen accroupie dans son coin du dormeur, malheureuse de son abandon, mais déterminée à partir. Elle pensa à sa chère mère et se demanda s'il lui était donné de savoir maintenant comment elle essayait de réaliser son dernier souhait. C'était agréable de penser qu'elle savait et qu'elle était heureuse, et Hazel avait l'impression que sa présence était proche et la protégeait.

L'Indien silencieux fit peu de remarques. Il avançait toujours avec une expression grave et pensive, comme un étudiant dont les pensées ne doivent pas être dérangées. Il hocha gravement la tête en réponse aux questions que Hazel lui posait chaque fois qu'ils s'arrêtaient pour abreuver les chevaux, mais il ne donna aucune information autre que d'attirer son attention sur un pied boiteux que son poney développait.

Plusieurs fois, Joe descendit et examina le pied du poney et secoua la tête avec un grognement de désapprobation inquiète. Au fur et à mesure que les kilomètres passaient, Hazel commença à remarquer elle-même la boiterie du poney et s'alarma de peur qu'il ne s'effondre complètement au milieu du désert. Alors que ferait l'Indien ? Certainement pas lui donner son cheval et son pied, comme l'avait fait le missionnaire. Elle ne pouvait pas s'attendre à ce que chaque homme dans ce désert soit comme celui qui avait pris soin d'elle auparavant. Quelle fille stupide elle avait été de se mettre dans cette situation ! Et maintenant, il n'y avait plus de père pour envoyer des équipes de recherche, ni de missionnaire à la maison pour la retrouver !

La poussière, la chaleur croissante du jour et l'anxiété commençaient à l'envahir. Elle était fatiguée et affamée, et quand à midi l'Indien descendit près d'un point d'eau où l'eau avait le goût de mouton qui était passé peu de temps auparavant, et lui tendit un paquet de pain de maïs et de bacon froid, tandis qu'il se retirait vers en compagnie des chevaux pour sa propre sieste, elle feignait de poser sa tête sur l'herbe grossière et de pleurer sa folie de sortir seule dans ce pays sauvage, ou du moins d'être assez têtue pour rester quand Amelia Ellen déserta. son. Puis une pensée lui vint soudain à l'esprit : comment Amelia Ellen aurait-elle pu figurer dans le voyage à cheval de ce matin ; et au lieu de pleurer, elle se mit à rire presque hystériquement.

Elle grignota le pain de maïs – le bacon qu'elle ne pouvait pas manger – et se demanda si la femme de la halte avait réalisé quel déjeuner impossible elle avait préparé pour son invité. Cependant, voici l'un des tests. Elle ne valait pas grand-chose si une petite chose comme la nourriture grossière l'ennuyait autant. Elle but un peu d'eau amère, mangea courageusement un deuxième morceau de pain de maïs et essaya d'espérer que son poney irait bien après son repos. Mais il était évident, après avoir parcouru un kilomètre ou deux, que l'état du poney empirait. Il traînait, boitait et s'arrêtait, et cela semblait presque cruel de le pousser plus loin, mais que pouvait-on faire ? L'Indien marchait derrière maintenant, l'observait et lui parlait de temps en temps à voix basse, et finalement ils arrivèrent en vue d'un point de bâtiment au loin. Alors l'Indien parla. En désignant le bâtiment éloigné, qui semblait trop petit pour une habitation humaine, il dit : " Aneshodi Hogan. Lui, mon ami. Madame, restez. Je reviens, bon cheval. Poney, n'y allez plus. Il est mauvais ! "

La consternation remplit le cœur de la dame. Elle comprit que son guide souhaitait la laisser en chemin pendant qu'il partait chercher un autre cheval, et peut-être qu'il reviendrait ou peut-être pas. En attendant, dans quel genre d'endroit la laissait-il ? Y aurait-il une femme là-bas ? Même si elle était une Indienne, ce ne serait pas si mal. " Aneshodi " sonnait comme si c'était un nom de femme.

« Est-ce qu'Aneshodi est une femme ? elle a interrogé.

L'Indien secoua la tête et grogna. "Non, non. Aneshodi , Aneshodi . Lui, mon ami. Lui bon ami. Pas de femme!" (Avec mépris.)

"Il n'y a pas de femme dans la maison ?" » demanda-t-elle anxieusement.

"Na ! Lui, c'est un bon homme. Bon Hogan. Madame, reste. Repose-toi."

Soudain, son poney trébucha et faillit tomber. Elle voyait qu'elle ne pouvait plus compter sur lui très longtemps.

"Je ne pourrais pas marcher avec toi ?" » demanda-t-elle, les yeux suppliants. "Je préfère marcher plutôt que de rester. Est-ce loin ?"

L'Indien secoua vigoureusement la tête.

"Dame, pas de marche. Beaucoup de soleils, dame marche. Grand kilomètre. Dame, reste. Moi, je roule vite. Retour au coucher du soleil", et il désigna le soleil qui commençait même maintenant sa course vers le bas.

Hazel comprit qu'il n'y avait rien d'autre à faire que de faire ce que disait l'Indien, et effectivement ses paroles semblaient raisonnables, mais elle fut très effrayée. Quel genre d'endroit était-ce dans lequel elle devait rester ? Alors qu'ils s'en approchaient, il ne semblait y avoir qu'une petite cabane délabrée, avec un air curieusement familier, comme si elle était déjà passée par là. Quelques poulets picoraient dans la cour et une vigne poussait au-dessus de la porte, mais il n'y avait aucun signe d'être humain et le désert s'étendait vaste et stérile de tous côtés. Sa vieille peur de son immensité revint et elle commença à éprouver des sentiments de camaraderie avec Amelia Ellen. Elle comprit maintenant qu'elle aurait dû accompagner Amelia Ellen vers la civilisation et trouver quelqu'un qui l'aurait accompagnée dans ses courses. Mais alors la lettre aurait été plus tardive !

La pensée de la lettre maintint son courage, et elle descendit du dos de son poney d'un air douteux et suivit l'Indien jusqu'à la porte de la cabane. La vigne poussant de manière luxuriante sur les fenêtres, les battants et les encadrements de portes la rassurait quelque peu, elle ne pouvait pas dire exactement pourquoi. Peut-être que quelqu'un ayant le sens de la beauté vivait dans ce vilain petit bâtiment, et un homme ayant le sens de la beauté ne pouvait pas être complètement mauvais. Mais comment rester seule dans une maison d'homme où aucune femme ne vivait ? Peut-être que l'homme aurait un cheval à leur prêter ou à leur vendre. Elle offrirait n'importe quelle somme qu'il voulait si seulement elle pouvait se rendre dans un endroit sûr.

Mais l'Indien ne frappa pas à la porte comme elle s'y attendait. Au lieu de cela, il se pencha vers la marche inférieure et, mettant la main dans une petite ouverture dans la boiserie de la marche, y fouilla une minute et en sortit aussitôt une clé qu'il inséra dans la serrure et ouvrit grande la porte à son regard étonné.

"Il est mon ami!" expliqua encore l'Indien.

Il entra dans la pièce avec l'air d'un propriétaire partiel des lieux, regarda autour de lui, se pencha vers la cheminée où un feu était soigneusement allumé et l'alluma joyeusement ; Il prit le seau d'eau et le remplit, et, mettant un peu d'eau dans la bouilloire, le fit basculer sur le feu pour le faire chauffer, puis se retournant, il parla de nouveau :

"Madame, reste. Je reviens, bientôt. Le soleil ne se couche pas. Je reviens; bon cheval, prends dame."

"Mais où est le propriétaire de cette maison ? Que pensera-t-il de ma présence ici à son retour ?" » dit Hazel, plus effrayée que jamais à l'idée d'être abandonnée. Elle ne s'attendait pas à rester entièrement seule. Elle comptait trouver quelqu'un dans la maison.

" Aneshodi est loin. Ne reviens pas un-deux-jours, mebbe ! Il me connaît . C'est mon ami. Madame, reste ! D'accord !"

Hazel, les yeux écarquillés de peur, regarda son protecteur monter et s'éloigner. Elle lui cria presque qu'il ne devait pas la quitter ; puis elle se souvint que cela faisait partie de la vie d'une femme en Arizona et qu'elle était jugée. C'était exactement ce que le missionnaire voulait dire lorsqu'il disait qu'elle était inapte à vivre ici. Elle resterait et supporterait la solitude et la peur. Elle prouverait, au moins à elle-même, qu'elle avait le courage de n'importe quel missionnaire. Elle ne supporterait pas l'ignominie de la faiblesse et de l'échec. Ce serait une honte pour elle toute sa vie de savoir qu'elle avait échoué dans cette période difficile.

Elle regarda l'Indien s'éloigner rapidement comme s'il était très pressé. Un jour, le soupçon lui vint à l'esprit qu'il avait peut-être volontairement boiteux son cheval et l'avait laissée ici juste pour se débarrasser d'elle. Peut-être s'agissait-il de la maison d'une personne épouvantable qui reviendrait bientôt et lui ferait du mal.

Elle se tourna rapidement, le cœur alarmé, pour voir dans quel genre d'endroit elle se trouvait, car elle avait été trop excitée au début à l'idée d'être laissée pour le remarquer, sauf pour être surprise qu'il y ait des chaises, une cheminée. , et un look de confort relatif. Maintenant, elle regardait autour d'elle pour découvrir si possible quel genre de personne pouvait être le propriétaire, et en jetant un coup d'œil à la table près de la cheminée, le premier objet sur lequel son regard tomba fut un livre ouvert, et les mots qui attirèrent son attention furent : " Celui qui habite dans le lieu secret du Très-Haut demeurera à l'ombre du Tout-Puissant ! »

En sursaut, elle retourna le livre et découvrit que c'était une Bible, reliée dans des couvertures solides et simples, avec de gros caractères clairs, et elle était ouverte comme si son propriétaire l'avait lu peu de temps auparavant et avait été appelé soudainement. loin.

Avec un soupir de soulagement , elle se laissa tomber dans le grand fauteuil près du feu et laissa couler ses larmes excitées. D'une manière ou d'une autre, sa peur disparut avec cette phrase. Le propriétaire de la maison ne pouvait pas être très mauvais quand il gardait sa Bible avec lui et était ouvert à ce psaume, son psaume, son psaume de missionnaire ! Et il y avait de l'assurance dans les mots eux-mêmes, comme s'ils avaient été envoyés pour lui rappeler sa nouvelle confiance en un pouvoir invisible. Si elle faisait continuellement du Très-Haut sa demeure, elle était sûrement continuellement sous sa protection et n'avait besoin d'avoir peur nulle part, car elle demeurait en Lui. Cette pensée lui donna un étrange nouveau sentiment de douceur et de sécurité.

Au bout d'un moment, elle se redressa, essuyant ses larmes et commença à regarder autour d'elle. C'était peut-être la maison d'un ami de son missionnaire. Elle se sentait réconfortée de rester ici maintenant. Elle leva les yeux vers le mur au-dessus de la cheminée et voilà que souriait le visage de sa chère amie, la mère, qui venait de rentrer chez elle au paradis, et en dessous - comme si cela ne suffisait pas à provoquer un frisson de compréhension et de compréhension. joie pour son cœur - en dessous était accrochée sa propre petite cravache ornée de bijoux qu'elle avait laissée dans le désert un an auparavant et oubliée.

Soudain, avec un cri de joie, elle se leva et joignit les mains sur son cœur, le soulagement et le bonheur se reflétant dans chaque trait de son visage.

"C'est sa maison ! Je suis venu chez lui !" elle pleurait et regardait autour d'elle avec la joie de la découverte. C'était donc ici qu'il habitait – il y avait ses livres, ici sa chaise où il s'asseyait et se reposait ou étudiait – ses mains avaient laissé la Bible ouverte sur son psaume, son psaume – *leur* psaume ! Il y avait son canapé derrière le paravent, et à l'autre bout la petite table et la vaisselle dans le placard ! Tout était en place et une propreté minutieuse régnait, même s'il y avait un air d'incertitude humaine sur certaines choses.

Elle allait et venait d'un bout à l'autre de la grande pièce, étudiant chaque détail, se délectant de l'idée que maintenant, quoi qu'il lui arrive, elle pourrait emporter avec elle une photo de lui dans sa propre chambre calme quand il travaillerait. était un peu de côté, et quand, si jamais il avait le temps et s'en permettait, il pensait peut-être à elle.

Le temps passait sur des pieds ailés. Avec le cher visage de sa vieille amie qui lui souriait et ce psaume ouvert à côté d'elle sur la table, elle n'a jamais pensé à la peur. Et bientôt, elle se souvint qu'elle avait faim et alla chercher quelque chose à manger dans le placard. Elle trouva beaucoup de provisions et, après avoir satisfait sa faim, s'assit dans le grand fauteuil près du feu et regarda autour d'elle avec contentement. Avec la paix de la chambre, de sa chambre, sur elle, et le doux vieux visage de la photo qui baissait les yeux en signe de bénédiction comme pour lui souhaiter la bienvenue, elle se sentait plus heureuse que depuis la mort de son père.

Le calme de l'après-midi du désert couvait dehors, le feu brûlait doucement de plus en plus bas à ses côtés, le soleil se penchait vers l'ouest et de longs rayons filaient à travers la fenêtre et à ses pieds, mais la tête dorée tombait et le long -les yeux aux cils étaient fermés. Elle dormait sur sa chaise et la lueur du feu mourant jouait sur son visage.

Puis, doucement, sans aucun avertissement, la porte s'est ouverte et un homme est entré dans la pièce !

XV
LE CHEMIN DE CROIX

Le missionnaire avait fait un long voyage jusqu'à une tribu isolée d'Indiens en dehors de sa propre réserve. C'était sa première visite chez eux depuis le voyage qu'il avait fait avec son collègue et dont il avait raconté à Hazel lors de leur compagnie dans le désert. Il avait pensé partir plus tôt, mais les problèmes de sa propre paroisse élargie et son voyage vers l'Est s'étaient réunis pour l'en empêcher.

Ils avaient reposé sur son cœur, ces gens solitaires et isolés d'un autre âge, vivant au milieu du passé dans leurs anciennes maisons perchées sur les falaises ; une petite poignée d'enfants solitaires et primitifs, vivant au loin ; ne sachant rien de Dieu et peu de l'homme; avec leurs manières étranges et simples et leur apparence étrange. Ils lui étaient venus en vision pendant qu'il priait, et toujours avec le poids sur son âme comme celui d'un message non délivré.

Il avait saisi la première occasion après son retour d'Orient pour se rendre vers eux ; mais cela ne s'était pas produit aussi tôt qu'il l'avait espéré. Les questions liées à la nouvelle église avaient exigé son attention, et puis, lorsqu'elles furent réglées de manière satisfaisante, l'un de ses ouailles fut frappé d'une maladie persistante et s'accrocha tellement à son amitié et à sa compagnie qu'il ne pouvait pas partir loin en toute conscience. Mais finalement tous les obstacles disparurent et il partit en mission.

Les Indiens l'avaient reçu avec joie, remarquant son approche de loin et descendant le chemin escarpé à sa rencontre, mettant à sa disposition leurs meilleurs grossiers et lui ouvrant leur cœur. Aucun homme blanc ne leur avait rendu visite depuis sa dernière venue avec son ami, hormis un commerçant égaré et qui connaissait peu de choses sur le Dieu dont avait parlé le missionnaire, ni sur le Livre du Ciel ; du moins, il n'avait pas semblé comprendre. Il ignorait peut-être tout cela autant qu'eux.

Le missionnaire entra dans l'étrange vie de famille de la tribu qui habitait le vaste palais aux nombreuses pièces creusé au sommet de la falaise. Il a ri avec eux, a mangé avec eux, a dormi avec eux et a gagné en tous points leur pleine confiance. Il jouait avec leurs petits enfants, leur apprenant de nombreux jeux nouveaux et des tours amusants, et louant l'esprit vif des petits ; tandis que leurs aînés se tenaient là, l'air impassible de leurs visages sombres se détendait en sourires de profond intérêt et d'admiration.

Et puis, la nuit, il leur parla du Dieu qui plaça les étoiles au-dessus d'eux ; qui a fait la terre et eux, et les a aimés ; et de Jésus, son Fils unique, venu mourir pour eux et qui serait non seulement leur Sauveur , mais leur compagnon aimant de jour et de nuit ; invisible, mais toujours à portée de main, prenant soin de chacun de ses enfants individuellement, connaissant leurs joies et leurs peines. Peu à peu, il leur fit comprendre qu'il était le serviteur – le messager – de ce Christ, et qu'il était venu là dans le but exprès de les aider à connaître leur Ami invisible. Autour du feu de camp, sous le dôme étoilé ou dans la plaine ensoleillée, chaque fois qu'il leur enseignait , ils écoutaient, leurs visages perdant l'aspect sauvage, mi-animal des non-civilisés, et prenant le désir caché que tous les mortels ont en commun. . Il a vu l'humanité en eux en regardant avec nostalgie à travers leurs grands yeux et s'est donné pour leur enseigner.

Parfois, pendant qu'il parlait, il levait la tête vers le ciel et fermait les yeux ; et ils l'écoutaient avec crainte pendant qu'il parlait à son Père céleste. Ils l'observèrent d'abord et levèrent les yeux comme s'ils s'attendaient à moitié à voir le monde invisible s'ouvrir devant leur regard étonné ; mais peu à peu l'esprit de dévotion les réclama, et ils fermèrent les yeux avec lui, et qui dira si les prières sauvages dans leurs poitrines n'étaient pas plus acceptables au Père que de nombreuses pétitions verbeuses placées dans les temples de la civilisation ?

resta sept jours et sept nuits avec eux, et ils auraient volontiers pris possession de lui et l'auraient supplié d'abandonner tous les autres endroits et d'y vivre toujours. Ils lui donneraient le meilleur d'eux-mêmes. Il n'aurait pas besoin de travailler, car ils lui donneraient sa part et lui feraient un foyer comme il devrait les diriger. En bref, ils l'enfermeraient dans leur cœur comme une sorte de dieu inférieur , représentant à leurs esprits d'enfants le vrai et l'Unique, dont il leur avait apporté la connaissance.

Mais il leur parla de son travail, de la raison pour laquelle il devait y retourner, et malheureusement ils se préparèrent à lui dire au revoir avec de nombreuses invitations à revenir. En descendant la falaise, où il était allé avec eux plusieurs fois auparavant, il se tourna pour dire encore adieu à un petit enfant qui avait été son animal de compagnie préféré, et se retournant, glissa et se tordit la cheville si violemment qu'il ne pouvait plus bouger. sur.

Ils le portèrent de nouveau chez eux, à moitié tristes, mais tout à fait triomphants. Il était à eux un peu plus longtemps ; et il y avait d'autres histoires qu'il pouvait raconter. Le Livre du Ciel était vaste et ils voulaient tout entendre. Ils étendirent leur couche de leur meilleur et se lassèrent de pourvoir à ses besoins avec tout ce dont leur ignorance imaginait qu'il avait besoin, puis ils s'assirent à ses pieds et écoutèrent. L'entorse était gênante et douloureuse, et elle ne céda que lentement au traitement ; Pendant ce temps, le messager arrivait avec le télégramme de l'Est.

Ils rassemblèrent autour d'elle cette feuille de papier jaune avec ses rayures mystérieuses, qui en disait tant sur leur ami, mais qui ne ressemblait en rien au langage des signes de quoi que ce soit dans le ciel au-dessus ou sur la terre en-dessous. Ils regardèrent leur ami avec admiration en voyant l'angoisse sur son visage. Sa mère était morte ! Cet homme qui l'avait aimée et qui l'avait quittée pour leur apporter des nouvelles du salut souffrait. C'était un lien de plus entre eux, un lien de plus d'humanité commune. Et pourtant, il pouvait lever les yeux et sourire, et continuer à parler au Père invisible ! Ils virent son visage comme celui d'un ange avec la lumière de la consolation du Christ dessus ; et quand il leur lisait et essayait de leur faire comprendre ces paroles majestueuses : « Ô mort, où est ton aiguillon ? ô tombeau, où est ta victoire ? ils s'asseyaient et regardaient au loin, et pensaient à ceux qu'ils avaient perdus. Cet homme a dit qu'ils revivraient tous. Sa mère vivait ; le chef qu'ils avaient perdu l'année dernière, le chef le plus courageux et le plus jeune de toute leur tribu, lui aussi vivait ; leurs petits enfants vivraient ; tout ce qu'ils avaient perdu revivrait.

Ainsi, alors qu'il aurait le plus souhaité être seul avec son Dieu et son chagrin, il devait nécessairement mettre de côté son propre chagrin amer et apporter à ces gens enfantins une consolation pour leurs chagrins, et ce faisant, le réconfort lui venait aussi. Car d'une manière ou d'une autre, regardant leurs visages désireux, voyant leur besoin absolu et l'impatience avec laquelle ils s'accrochaient à ses paroles, il en vint à sentir la présence du Consolateur debout à ses côtés dans les ombres sombres de la grotte, murmurant à son cœur de douces paroles qui il le savait depuis longtemps mais ne l'avait pas pleinement compris parce qu'il n'en avait jamais eu besoin auparavant. D'une manière ou d'une autre, le temps et les choses terrestres ont reculé, et seuls le ciel et les âmes immortelles comptaient. Il fut élevé au-dessus de sa propre perte et dans la joie de l'héritage du serviteur du Seigneur.

Mais le moment était venu, trop tôt pour ses hôtes, où il pouvait reprendre son chemin ; et il était très impatient d'être démarré, désireux d'avoir de nouvelles nouvelles de l'être cher qui lui avait quitté. Ils le suivirent en procession triste jusque dans la plaine pour le voir sur son chemin, puis retournèrent à leur mesa et à leur maison sur la falaise pour parler de tout et s'interroger.

Enfin seul dans le désert, les trois grandes mesas comme les doigts d'une main géante s'étendant en nuage derrière lui ; les montagnes pourpres au loin ; la lumière du soleil qui brillait vivement sur tous les sables brillants ; Le sentiment complet de sa perte lui vint enfin, et son esprit en fut courbé sous le poids. La vision du Mont fut dépassée et la vallée de l'ombre de la vie fut sur lui. Il lui vint à l'esprit ce que ce serait de ne plus avoir les lettres de sa mère pour réconforter sa solitude ; aucune pensée d'elle à la maison, pensant à lui ; je n'attends pas avec impatience un autre retour à la maison.

Pendant qu'il chevauchait , il ne voyait rien du paysage changeant sur le chemin, mais seulement le verger de Granville avec ses pluies roses et blanches, et sa mère allongée joyeusement à côté de lui sur le banc de fraises, cueillant les baies douces et vives et lui souriant en retour comme si elle avait été une fille. Il était content, content d'avoir ce souvenir d'elle. Et elle semblait si bien, si très bien. Il avait pensé que peut-être, lorsqu'il aurait l'espoir de construire un petit agrandissement à sa cabane et de créer un lieu de confort pour elle, il pourrait se risquer à lui proposer de venir vers lui et de rester. C'était un souhait qui avait grandi, grandi dans son cœur solitaire depuis cette visite à la maison où il semblait qu'il ne pouvait pas s'arracher à elle et repartir ; et pourtant il savait qu'il ne pouvait pas rester – qu'il ne voulait pas rester, à cause de son travail bien-aimé. Et maintenant, c'était fini pour toujours, son rêve ! Elle ne viendrait jamais pour réjouir sa maison, et il devrait toujours vivre une vie solitaire, car il savait dans son cœur qu'il n'y avait qu'une seule fille au monde à laquelle il voudrait demander de venir, et il ne pourrait pas lui demander de venir. ne pas demander.

Aussi infini et aussi désolé que son désert, son avenir s'étendait devant son esprit. Pour le moment, son travail bien-aimé et la joie du service étaient perdus de vue, et il ne voyait plus que lui-même, seul, abandonné de tout amour, marchant à l'écart dans son triste chemin ; et il ressentit une grande et mortelle faiblesse comme celle d'un esprit désespéré.

C'est dans cet esprit qu'il se coucha pour se reposer à l'ombre d'un grand rocher vers midi, trop fatigué d'esprit et épuisé de corps pour aller plus loin sans dormir. Le fidèle Billy somnolait et grignotait sa portion non loin de là ; et au-dessus de nos têtes, un grand aigle planait haut et loin, ajoutant à la vaste désolation de la scène. Ici, il se retrouva enfin seul pour la première fois avec son chagrin, et pendant un moment il fit son chemin, et il y fit face ; entrant dans son Gethsémani avec l'esprit courbé et ne voyant que de la noirceur autour de lui. C'est ainsi, usé par l'angoisse de son esprit, qu'il s'endormit.

Pendant qu'il dormait, la paix lui vint ; un rêve de sa mère, souriante, bien, et marchant d'un pas léger et libre comme il se souvenait d'elle quand il était petit garçon ; et à ses côtés la fille qu'il aimait. Comme il est étrange et merveilleux que ces deux-là viennent à lui et lui apportent du repos ! Et puis, pendant qu'il rêvait encore, ils lui sourirent et s'éloignèrent, main dans la main, la jeune fille se retournant et agitant la main comme si elle voulait revenir ; et bientôt ils passèrent hors de sa vue. Alors quelqu'un se tint à côté de lui, quelque part à l'abri du rocher sous lequel il gisait, et parla ; et la Voix excitait son âme comme elle n'avait jamais été enchantée dans la vie auparavant :

"Voici, *je* suis avec toi *toujours*, même jusqu'à la fin du monde."

La paix de cette présence invisible descendit sur lui dans toute sa mesure, et quand il se réveilla , il se surprit à répéter : « La paix qui dépasse l'entendement ! et réalisant que pour la première fois il savait ce que signifiaient ces mots.

Parfois, il restait tranquillement allongé comme un enfant qui avait été réconforté et soigné, s'étonnant du fardeau qui avait été soulagé, se glorifiant de la paix qui était venue à sa place ; se réjouissant de la Présence qui, selon lui, serait toujours avec lui et lui permettrait de supporter la solitude.

Enfin , il tourna la tête pour voir si Billy était loin, et fut surpris de voir l'ombre du rocher sous lequel il gisait, étalée sur le sable devant lui, l'apparence d'une puissante croix parfaite. Car ainsi les bras inégaux saillants du rocher et la position du soleil disposaient les ombres devant lui. "L'ombre d'un grand rocher dans un pays fatigué." Les mots lui revenaient à la mémoire, et il semblait que c'était la voix de sa mère qui les répétait comme elle le faisait les soirs de sabbat quand ils s'asseyaient ensemble au crépuscule avant l'heure du coucher. Une terre fatiguée ! C'était désormais *un* pays fatigué, et son âme avait été desséchée par la chaleur et la solitude. Il avait eu besoin du Rocher comme il n'en avait jamais eu besoin auparavant, et le Rocher, Jésus-Christ, était devenu un repos et une paix pour son âme. Mais là, il était étendu sur le sable à côté de lui, et c'était le chemin de croix ; le chemin du Christ a toujours été le chemin de la croix. Mais quelle était la chanson qu'ils ont chantée lors de cette grande réunion à laquelle il a assisté à New York ? "Le chemin de croix mène à la maison." Ah, c'était ça. Un jour, cela le ramènerait à la maison, mais maintenant c'était le chemin de croix et il devait le parcourir avec courage, et toujours avec ce Compagnon invisible mais proche qui avait promis d'être avec lui jusqu'à la fin du monde.

Eh bien, il se relèverait immédiatement, fort de cette compagnie bénie. Gaiement, il fit ses préparatifs pour le départ, et maintenant il tourna la tête de Billy un peu vers le sud, car il décida de passer la nuit avec son collègue.

Lorsque son chagrin et sa solitude étaient frais sur lui, il lui avait semblé qu'il ne pouvait pas supporter cette visite. Mais comme la paix était revenue dans son âme , il changea de cap pour entreprendre l'autre mission, qui était réellement en route, mais il l'avait délibérément évitée.

Ils lui souhaitèrent la bienvenue, ces deux-là qui avaient fait de leur cabane du désert un petit coin de paradis terrestre ; et ils l'obligèrent à rester avec eux et à se reposer trois jours, car il était plus fatigué du voyage et de sa douleur et de son chagrin récents qu'il ne le pensait. Ils le réconfortaient par leur tendre sympathie et réjouissaient son âme à la vue de leur propre joie, même si cela lui donnait le sentiment d'être séparé d'eux. Il commença au petit matin, lorsque l'étoile du matin était encore visible, et tandis qu'il traversait l'air béryl de l'heure naissante, il fut tiré de sa tristesse par le sentiment de la présence proche du Christ.

Il avançait lentement, s'écartant volontairement trois fois du sentier pour appeler les hogans de certains de ses paroissiens ; car il redoutait le retour comme on redoute un coup inévitable. La photo de sa mère l'attendait dans sa propre chambre, souriant à ses biens avec ce regard cher sur son visage, et la regarder pour la première fois en sachant qu'elle avait disparu de la terre pour toujours était une expérience devant laquelle il reculait inexprimablement. Il se donna donc plus de temps, sachant qu'il valait mieux y aller sereinement, se recentrer sur son travail et faire ce qu'elle aurait aimé qu'il fasse.

Il campa cette nuit-là sous le rebord abrité où lui et Hazel se trouvaient, et tandis qu'il s'allongeait pour dormir , il répéta le psaume qu'ils avaient lu ensemble cette nuit-là et éprouva un sentiment de confort de demeurer sous l'ombre du Tout-Puissant.

Dans des visions nocturnes , il revoyait le visage de la jeune fille, et elle lui souriait avec ce regard joyeux et accueillant, comme si elle était venue pour être toujours avec lui. Elle ne dit rien dans le rêve, mais lui tendit simplement les mains avec un mouvement de reddition.

La vision s'estompa lorsqu'il ouvrit les yeux, mais elle était si réelle qu'elle resta avec lui et le ravit toute la journée par l'émerveillement de son regard. Il commença à se demander s'il avait eu raison de la mettre constamment hors de sa vie comme il l'avait fait. Des bribes de ses propres phrases lui venaient avec un nouveau sens et il se demanda après tout s'il n'avait pas été un imbécile. Peut-être qu'il l'aurait gagnée. Peut-être que Dieu l'avait vraiment envoyée vers lui pour être sa compagne de vie, et il avait été trop aveugle pour comprendre.

Il lui a fait part de cette idée à plusieurs reprises avec un soupir alors qu'il raccommodait le feu et préparait son simple repas, mais son visage s'attardait toujours doucement dans ses pensées, comme un baume sur son esprit attristé.

Billy se dirigeait vers la maison ce matin-là et semblait impatient de continuer. Il n'avait pas compris son maître en ces tristes jours. Quelque chose lui avait envahi le moral. Le petit cheval hennissait joyeusement et partait d'un pas volontaire. Même si le maître était seul, la maison était bonne, avec sa propre stalle et sa propre mangeoire ; et qui pourrait le savoir si un pressentiment ne disait à Billy que la princesse les attendait ?

Le missionnaire s'efforçait de garder ses pensées sur son travail et ses projets pour l'avenir immédiat, mais faisait de son mieux, le visage de la jeune fille restait souriant entre les deux ; et toutes les beautés du chemin réunies pour ramener le trajet qu'il avait fait avec elle ; jusqu'à ce que finalement il laisse son imagination s'attarder sur elle avec des pensées agréables sur ce que ce serait si elle était à lui et l'attendait à la fin de son voyage ; ou mieux encore, chevauchant à ses côtés en ce moment, lui portant de douces conversations en chemin.

La petite cabane restait silencieuse, familière, dans la lumière du soleil couchant, alors qu'il se dirigeait vers la porte et s'arrangeait gravement pour le confort de Billy, puis avec son regard vers le haut pour trouver du réconfort, il se dirigea vers sa maison isolée et, ouvrant la porte, il se demanda sur le seuil. !

XVI
LA LETTRE

Ce ne fut qu'un instant avant qu'elle n'ouvre les yeux, car cet état subconscient, qui avertit même pendant le sommeil de ce qui se passe en dehors du monde du sommeil, lui dit qu'une autre âme était présente.

Elle se réveilla brusquement et leva les yeux vers lui, le rose du sommeil sur ses joues et la rosée du sommeil sur ses paupières. Elle avait l'air très adorable avec la longue pente rouge du coucher de soleil depuis la porte ouverte à ses pieds et l'émerveillement de son apparition sur son visage. Leurs regards se croisèrent et racontèrent l'histoire avant que le cerveau n'ait eu le temps de donner l'avertissement du danger et du besoin de maîtrise de soi.

"Oh mon chéri!" » dit l'homme en faisant un pas vers elle, les bras tendus comme s'il voulait la serrer dans ses bras, osant pourtant à peine croire que c'était bien elle-même en chair et en os.

"Ma chérie ! Es-tu vraiment venue vers moi ?" Il souffla la question comme si sa réponse signifiait pour lui la vie ou la mort.

Elle se leva et se tint devant lui, tremblante de joie, déconcertée maintenant qu'elle était en sa présence, dans sa maison, sans y être invitée. Sa langue semblait liée. Elle n'avait pas de mot pour s'expliquer. Mais parce qu'il a vu l'amour dans ses yeux et parce qu'il avait grand besoin d'elle, il est devenu plus audacieux et, en se rapprochant, il a commencé à lui dire avec ferveur combien il avait désiré et prié pour que Dieu lui fasse un moyen de la retrouver. ; comme il l'avait imaginée ici, dans cette pièce, sa chère compagne, sa femme !

Il souffla le mot avec tendresse, avec révérence et elle ressentit la bénédiction et l'émerveillement de l'amour de ce grand homme au cœur simple.

Puis, voyant sa réponse dans ses yeux, il s'approcha et la prit respectueusement dans ses bras, posa ses lèvres sur les siennes, et ainsi ils restèrent un moment ensemble, sachant qu'après tout le chagrin, le désir, la séparation, chacun avait pris tout son sens.

Il fallut un certain temps avant qu'Hazel puisse avoir l'occasion d'expliquer comment elle était venue, sans le savoir, chez lui, et même alors , il ne pouvait pas comprendre quelle circonstance joyeuse avait fait tourner son visage et l'avait déposée devant sa porte. Il lui fallut donc revenir à la lettre, à la lettre qui était la cause de tout et qui pourtant était momentanément oubliée. Elle l'apporta maintenant, et son visage, tout tendre de la joie de sa présence, devint presque glorifié lorsqu'il sut que c'était elle qui avait été la tendre nourrice et l'amie bien-aimée de sa mère pendant les derniers jours de sa vie.

Les mains jointes, ils parlèrent ensemble de sa mère. Hazel lui raconta tout : comment elle l'avait rencontrée ce jour-là d'été, et comment son cœur avait aspiré à la connaître pour lui ; et comment elle était revenue encore et encore ; toute l'histoire de ses propres luttes pour une vie meilleure. Lorsqu'elle lui racontait ses cours de cuisine , il embrassait les petites mains blanches qu'il tenait, et lorsqu'elle parlait de son travail à l'hôpital, il touchait ses lèvres, ses yeux et ses sourcils avec une adoration respectueuse.

« Et tu as fait tout ça parce que… ? » demanda-t-il et la regarda profondément dans les yeux, exigeant avidement sa réponse.

"Parce que je voulais être digne de ton amour !" elle respirait doucement, les yeux baissés, le visage rose de sa confession.

"Oh mon chéri!" » dit-il en la serrant encore une fois contre lui. La lettre elle-même fut presque oubliée, jusqu'à ce qu'elle glisse doucement sur le sol et attire l'attention sur elle. Après tout, cette lettre n'était vraiment pas nécessaire. Il avait fait le travail prévu sans être lu. Mais ils le lisaient ensemble, son bras autour de ses épaules, et leurs têtes serrées, chacun ressentant le besoin de l'amour réconfortant de l'autre à cause du deuil que chacun avait subi.

Et ainsi ils lisent :

" MON CHER FILS :

"J'écris cette lettre dans ce que je crois être les derniers jours de ma vie. Il y a longtemps, j'ai demandé à notre cher médecin de me dire quels seraient les signes qui précédaient le point culminant probable de ma maladie. Il savait que je serais plus heureux. ainsi, car j'avais certaines choses que je souhaitais accomplir avant de partir. Je ne vous l'ai pas dit, cher fils, parce que je savais que cela ne pourrait que vous affliger et détourner vos pensées de l'œuvre à laquelle vous appartenez. Je savais quand vous Je suis revenu chez moi pour cette chère dernière visite qu'il ne me restait plus que peu de temps ici, et je n'ai pas besoin de vous dire ce qu'étaient pour moi ces jours bénis de votre séjour. Vous le savez sans que je vous le dise. Vous vous reprocherez peut-être d'avoir Je ne voyais pas à quel point c'était proche de la fin et restais à mes côtés ; mais Jean, bien-aimé, je n'aurais pas été heureux qu'il en soit ainsi. Cela aurait amené devant toi avec intensité le côté d'adieu de la mort, et c'est ce que j'ai souhaité évitez. Je veux que vous me considériez comme parti pour être avec Jésus et avec votre cher père. D'ailleurs, je voulais avoir le plaisir de vous remettre à votre travail avant de partir.

"C'est parce que je savais que la fin était proche que j'ai osé faire beaucoup de choses auxquelles j'aurais fait attention autrement. C'est dans la force du bonheur de ta présence que je me suis forcé à marcher à nouveau pour que tu puisses te souvenir de ta présence. maman une fois de plus sur ses pieds. Rappelez-vous maintenant que lorsque vous lisez ceci, je marcherai dans les rues dorées avec une démarche aussi forte et libre que vous parcourez votre désert, ma chère. Alors ne regrettez rien du bon temps que nous avons passé, ni J'aurais aimé que tu restes plus longtemps. C'était parfait, et les bons moments ne sont pas finis pour nous. Nous les reverrons de l'autre côté un jour, quand il n'y aura plus de séparations pour toujours.

"Mais il y a juste une chose qui m'a troublé depuis que tu es parti, c'est que tu es seul. Dieu savait qu'il n'était pas bon pour l'homme d'être seul, et il a une aide pour mon garçon quelque part dans le monde. , j'en suis sûr. Je serais heureux si je pouvais partir en sachant que tu l'avais trouvée et qu'elle t'aimait comme j'ai aimé ton père quand je l'ai épousé. Je ne t'ai jamais beaucoup parlé de ces choses parce que je ne pense pas que les mères devraient essayer d'influencer leurs enfants à se marier jusqu'à ce que Dieu envoie le bon, et alors ce n'est pas la mère qui devrait être le juge, bien sûr. Mais une fois je vous ai parlé dans une lettre. Vous vous souvenez ? C'était après avoir rencontré une fille douce dont la vie semblait si adaptée à la vôtre. Vous m'avez alors ouvert votre cœur et m'avez dit que vous aviez trouvé celle que vous aimiez et que vous n'en aimeriez jamais une autre, mais elle n'était pas pour vous. Mon cœur me faisait mal pour toi, mon garçon . , et j'ai beaucoup prié alors pour vous, car c'était une épreuve douloureuse de venir voir mon garçon là-bas seul avec son problème. J'avais beaucoup de peine à ne pas haïr cette fille à qui vous aviez donné votre amour, et à ne pas l'aimer. une créature des plus désagréables, avec des airs et aucun sens, pour ne pas reconnaître l'homme en mon fils, et pour ne pas connaître sa belle âme et la valeur de son amour. Mais ensuite j'ai pensé qu'elle ne pouvait peut-être pas s'en empêcher, pauvre enfant, qu'elle n'en savait pas assez pour t'apprécier ; et c'est probablement la bonne direction de Dieu qui vous a éloigné d'elle. Mais j'ai toujours espéré qu'un jour Il vous amènerait à en aimer une autre qui en serait plus digne qu'elle n'aurait pu l'être.

"Chérie, tu n'as plus rien dit sur cette fille, et j'espère que tu l'as oubliée, même si parfois, quand tu étais à la maison , j'ai remarqué ce regard profond et lointain dans tes yeux et une tristesse sur tes lèvres qui m'a fait tremblez de peur que sa mémoire ne soit aussi brillante que jamais. J'ai voulu que vous connaissiez la douce fille Hazel Radcliffe qui a été ma chère amie et presque ma fille - car aucune fille n'aurait pu être plus chère qu'elle ne l'a été pour moi, et je crois qu'elle m'aime aussi comme je l'aime. Si vous aviez été plus près , j'aurais essayé de vous réunir, au moins pour une fois, afin que vous puissiez juger par vous-mêmes; mais j'ai découvert qu'elle était timide comme un oiseau à l'idée de rencontrer qui que ce soit. - bien qu'elle ait une foule de jeunes amis dans sa maison de New York - et qu'elle se serait enfuie si vous étiez venu. De plus, je n'aurais pas pu vous donner d'autre raison que la vérité pour vous envoyer chercher, et je savais que Dieu le ferait. vous réunir si c'était Sa volonté. Mais je ne pourrais pas quitter cette terre avec bonheur sans faire quelque chose pour vous aider juste pour la voir une fois, et c'est pourquoi je lui ai demandé de vous donner cette lettre de sa propre main, si possible, et elle a promis de le faire. Tu reviendras à la maison quand je serai parti et elle devra te voir, et quand tu regarderas son doux visage, si tu ne ressens pas ce que ta mère ressent pour elle, tout va bien, cher fils ; seulement je voulais que tu la voies juste une fois parce que je l'aime tellement et parce que je t'aime. Si tu pouvais oublier l'autre et aimer celle-ci, il semblerait que je serais heureux même au ciel, mais si tu ne ressens pas cela quand tu la vois, John, ne me dérange pas que j'écrive cette lettre, car cela me fait plaisir. c'est bien de vous jouer ce petit tour avant mon départ ; et la chère fille ne doit jamais le savoir – à moins qu'en effet vous ne l'aimiez – et alors je m'en fiche – car je sais qu'elle me pardonnera d'avoir écrit cette lettre idiote, et qu'elle m'aimera quand même.

"Cher garçon, tout comme nous n'avons jamais aimé te dire au revoir quand tu partais à l'université, mais seulement 'Au revoir', ainsi il n'y aura plus d'au revoir maintenant, seulement je t'aime.

" TA MÈRE. "

Hazel pleurait doucement quand ils terminèrent la lettre, et il y avait des larmes dans les yeux du fils, bien qu'ils fussent glorifiés par le sourire qui brillait sur la jeune fille alors qu'il pliait la lettre et disait :

" N'était-ce pas une mère à avoir pour un homme ? Et puis-je faire autre chose que de me donner quand elle a donné tout ce qu'elle avait ? Et dire qu'elle a choisi pour moi celle-là même que j'aimais de tout le monde et qu'elle m'a envoyé parce que j'étais trop décidé à revenir après elle. C'est comme si ma mère t'envoyait comme un cadeau du ciel pour moi, ma chérie!" et leurs lèvres se rencontrèrent une fois de plus dans un amour et une compréhension profonds.

Le soleil était presque en train de se coucher maintenant, et soudain les deux se rendirent compte que la nuit approchait. Les Indiens reviendraient et ils doivent planifier quoi faire.

Brownleigh se leva et se dirigea vers la porte pour voir si l'Indien était en vue. Il réfléchissait fort et vite. Puis il revint et se plaça devant la jeune fille.

"Cher!" » dit-il, et le ton de sa voix fit monter la couleur de ses joues ; c'était si merveilleux, si déconcertant d'être regardé et parlé de cette façon. Elle retint son souffle et se demanda si ce n'était pas un rêve après tout.

"Cher," un autre de ces regards profonds et scrutateurs, "c'est un grand pays primitif et nous faisons parfois les choses ici de la manière la plus sommaire. Vous devez me dire si je vais trop vite; mais pourriez- *vous* -le feriez-vous ?" tu crois que tu m'aimes assez pour m'épouser tout de suite, ce soir ?

"Oh!" souffla-t-elle en levant ses yeux heureux. "Ce serait beau de ne plus jamais avoir à te quitter... mais... tu me connais à peine. Je ne suis pas fait, tu sais. Tu es un grand et merveilleux missionnaire, et je... je ne suis qu'une fille idiote qui est tombée amoureuse. avec toi et je ne pourrai plus jamais être heureux sans toi."

Elle enfouit son visage dans l'accoudoir du fauteuil et pleura des larmes de joie et de honte, et il la prit dans ses bras et la réconforta, son visage brillant d'une expression glorifiée.

"Chéri," dit-il quand il put à nouveau parler, "chéri, tu ne sais pas que c'est tout ce que je veux ? Et ne parle plus jamais de moi de cette façon. Je ne suis pas un saint, comme tu le constateras très bien. mais je promets de t'aimer et de te chérir aussi longtemps que nous vivrons tous les deux. Veux-tu m'épouser ce soir ?

Il y avait un silence dans la petite pièce, interrompu seulement par le faible crépitement du feu mourant.

Elle leva vers lui des yeux timides et joyeux, puis vint poser ses deux mains dans les siennes.

"Si tu es sûre de me vouloir," souffla-t-elle doucement.

Le ravissement de son visage et la tendresse de ses bras l'assurèrent sur ce point.

"J'ai juste un grand regret", dit le jeune homme en levant les yeux vers la photo de sa mère. " Si seulement elle avait pu savoir que c'était toi que j'aimais. Pourquoi ne lui ai-je pas dit ton nom ? Mais alors... Pourquoi, ma chérie, je ne connaissais pas ton nom. Tu t'en rends compte ? Je ne l'ai pas su. connu ton nom jusqu'à présent.

"Je m'en suis certainement rendu compte", a déclaré Hazel avec les joues roses. "C'était parfois terriblement douloureux de penser que même si tu voulais me trouver, tu ne saurais pas comment s'y prendre."

"Chérie, tu t'en soucies tellement ?" Sa voix était grave et tendre et ses yeux étaient rivés sur elle.

"Tellement!" elle respira doucement.

Mais l'éclaboussure de lumière rouge sur le sol, à leurs pieds, les avertit de l'heure tardive et ils se tournèrent vers les affaires immédiates du moment.

"C'est merveilleux que les choses soient comme elles sont ce soir", dit Brownleigh de son ton plein et joyeux. "Cela semble certainement providentiel. Mgr Vail, l'ancien copain d'université de mon père, a voyagé à travers l'Ouest dans le cadre d'un travail missionnaire pour son église, et il est maintenant à l'arrêt où vous avez passé la nuit dernière. Il part dans le train de minuit pour- nuit, mais nous pouvons y arriver bien avant cette heure, et il nous épousera. Il n'y a personne que j'aurais préféré avoir, même si le choix aurait dû être le vôtre. Cela vous dérangera-t-il vraiment de vous marier dans ce bref et primitif manière?"

"Si ces choses me dérangeaient , je ne serais pas digne de ton amour," dit doucement Hazel. "Non, cela ne me dérange pas du tout. Seulement, je n'ai vraiment rien avec quoi me marier, rien qui convienne à une robe de mariée. Vous ne pourrez pas vous souvenir de moi en tenue de mariée, et il n'y aura pas de mariage." même Amelia Ellen pour demoiselle d'honneur." Elle lui sourit malicieusement.

"Toi chéri!" dit-il en posant à nouveau ses lèvres sur les siennes. "Vous n'avez pas besoin de tenue de mariée pour faire de vous la mariée la plus adorable qui soit jamais venue en Arizona, et je me souviendrai toujours de vous telle que vous êtes maintenant, comme du plus beau spectacle que mes yeux aient jamais vu. S'il était temps de parler à certains de mes Chers collègues à leur poste, nous devrions organiser une réception de mariage qui surpasserait vos affaires new-yorkaises en ce qui concerne l'enthousiasme et la véritable bonne volonté, mais ils sont tous à quarante ou cent milles d'ici et ce sera impossible. Êtes-vous sûr que vous n'êtes pas trop fatigué pour retourner à l'arrêt ce soir ? » Il la regarda avec inquiétude. "Nous allons atteler Billy au chariot, et le siège a de bons ressorts. Je mettrai plein de coussins et vous pourrez vous reposer en chemin, et nous n'essaierons pas de revenir ce soir. Ce serait trop pour vous. ".

Elle commença à protester mais il poursuivit :

"Non, chérie, je ne veux pas dire que nous resterons dans ce petit trou où tu as passé la nuit dernière. Ce serait affreux ! Mais que dirais-tu de camper au même endroit où nous avons eu notre dernière conversation ? J'ai été " J'y suis allé plusieurs fois depuis et j'y passe souvent la nuit à cause de sa douce association avec vous. Ce n'est pas loin, vous savez, de la voie ferrée - c'est l'affaire de quelques minutes de trajet - et il y a de la bonne eau. Nous pouvons transporter mon petit tente et accessoires, puis faites ensuite autant de voyage de noces que vous sentez que vous en avez la force avant notre retour, même si nous aurons le reste de notre vie pour faire un long et cher voyage de noces, j'espère. toi?"

"Oh, ce sera magnifique", dit Hazel avec des yeux brillants.

"Très bien alors. Je vais tout préparer pour notre départ et tu dois te reposer jusqu'à ce que je t'appelle." Sur ce, il se baissa et avant qu'elle ne réalise ce qu'il faisait, il la souleva doucement et l'allongea sur son canapé dans un coin, étendant sur elle une couverture indienne multicolore . Puis il attisa habilement le feu, remplit la bouilloire, la remit au-dessus du feu et, avec un sourire, sortit pour préparer Billy et le chariot.

Hazel était là, regardant sa nouvelle maison avec des yeux heureux, notant chaque petite touche de raffinement et de beauté qui montrait le caractère de l'homme qui y avait vécu seul pendant trois longues années, et se demandant si c'était vraiment elle-même, la petite solitaire. infirmière aux prises avec une douleur amère dans son cœur, qui se sentait si heureuse ici aujourd'hui – Hazel Radcliffe, l'ancienne fille du monde new-yorkais, se réjouissant avec extase parce qu'elle allait épouser un pauvre missionnaire et vivre dans une cabane ! Comme ses amis riaient et ricanaient, et comme tante Maria levait les mains avec horreur et disait que la famille était déshonorée ! Mais cela n'avait pas d'importance pour tante Maria. Pauvre tante Maria ! Elle n'avait jamais approuvé quoi que ce soit de ce que Hazel voulait faire de toute sa vie. Quant à son frère – et ici son visage prit une nuance de tristesse – son frère était d'un autre monde que le sien et l'avait toujours été. Les gens disaient qu'il ressemblait à sa mère décédée. Peut-être que le grand homme du désert pourrait aider son frère à améliorer ses choses. Peut-être viendrait-il ici pour leur rendre visite, aurait-il une vision d'un autre genre de vie et y prendrait-il envie comme elle l'avait fait. Il ne pouvait manquer de voir au moins la grandeur de l'homme qu'elle avait choisi.

C'était pour elle un grand réconfort en cette heure de se rappeler que son père s'était intéressé à son missionnaire et avait exprimé l'espoir qu'elle pourrait le revoir un jour . Elle pensait que son père aurait été satisfait du choix qu'elle avait fait, car il avait sûrement eu la vision de ce qui valait vraiment la peine dans la vie avant de mourir.

Soudain, ses yeux se tournèrent vers la petite table carrée près du placard. Et si elle devait le régler ?

Elle se releva d'un bond et adapta son action à sa pensée.

Presque comme un enfant manipulerait son premier service en étain, Hazel prit la vaisselle sur les étagères et la disposa sur la table. C'étaient de jolis plats en porcelaine , avec un beau motif ancien de fleurs délicates. Elle les reconnut comme appartenant à la famille de sa mère et les manipula avec respect. C'était presque comme si la présence de cette mère l'accompagnait dans la pièce alors qu'elle préparait la table pour son premier repas avec son fils bien-aimé.

Elle trouva dans le tiroir du placard une grande serviette blanche qu'elle étala sur la petite table rudimentaire et y posa la vaisselle délicate : deux assiettes, deux tasses et soucoupes, des couteaux et des fourchettes, deux de tout ! Comme cela la ravissait de penser que dans peu de temps, elle aurait sa place ici, dans cette chère maison, une partie de celle-ci, et qu'ils auraient tous les deux le droit de s'asseoir ensemble à cette table au fil des années. Des difficultés et des déceptions pourraient survenir – bien sûr. Elle n'était pas idiote ! La vie a été pleine de déceptions pour tout le monde, mais aussi de belles surprises ! Mais que saurait-elle, par le frisson de son cœur, qu'elle ne regrettera jamais ce jour où elle a promis de devenir l'épouse de l'homme du désert, et qu'elle gardera toujours le souvenir de ce premier épisode de sa vie ? la petite table, et qu'elle fasse de tous les futurs réglages de cette table une sainte ordonnance.

Elle trouva une boîte de soupe dans le placard, la fit chauffer dans une petite casserole sur le feu, et déposa sur la table des crackers et du fromage, un verre de gelée, une petite bouteille d'olives farcies et quelques petits gâteaux qu'elle avait apportés. avec elle dans sa valise. Elle avait pensé qu'elle aurait peut-être besoin de quelque chose de ce genre lorsqu'elle atterrirait en Arizona, car on ne savait pas si elle devait traverser le désert à cheval pour retrouver son missionnaire ; et bien sûr , cela avait été le cas.

Cela avait l'air très agréable lorsque Brownleigh entra pour dire que le chariot était prêt et il crut voir l'Indien au crépuscule traversant la plaine, mais il s'arrêta net sans dire un mot, car voici devant lui l'image que son esprit et son cœur avaient eu. peint pour lui maintes fois : cette fille, la seule fille sur toute la terre pour lui, agenouillée près de son foyer et versant la soupe fumante dans les plats chauds, la lueur du feu jouant sur son doux visage et ses cheveux dorés, et chaque ligne et mouvement de son corps gracieux appelant à son adoration ! Il resta donc debout pendant une longue minute et régala ses yeux affamés de cette vision, jusqu'à ce qu'elle se retourne et voie son cœur dans ses yeux, et que son propre visage devienne rose de joie et du sens de tout cela.

Et ainsi ils s'assirent ensemble pour leur premier repas dans la petite maison, puis après avoir renvoyé l'Indien au fort avec un message, ils partirent ensemble à la lumière des étoiles pour commencer leur voyage de noces.

XVIIIe
DÉVOUEMENT

Billy a passé du bon temps malgré le fait qu'il avait été dehors toute la journée pour le travail paroissial , mais il savait qui il transportait et semblait tirer une profonde satisfaction du retour d'Hazel, car de temps en temps il se retournait vers la maison. chariot quand ils s'arrêtaient pour boire de l'eau et hennissaient joyeusement.

Ils arrivèrent à l'arrêt vers neuf heures, et la nouvelle que le missionnaire allait se marier se répandit comme une traînée de poudre parmi les hommes et dans les cabanes voisines . En un rien de temps, une petite foule s'était rassemblée autour de l'endroit, scrutant l'obscurité étoilée.

Hazel se retira dans la petite chambre abandonnée où elle avait passé la nuit précédente et fouilla dans sa malle à la recherche de vêtements de mariée. Au bout de quelques minutes, elle déboucha dans la longue salle à manger où la table avait été rapidement débarrassée et écartée, et sur laquelle les pensionnaires étaient maintenant assis en longues rangées, observant les débats avec curiosité.

Elle était vêtue d'une simple mousseline blanche, rehaussée ici et là de broderies exquises faites à la main et de minuscules bords en toile d'araignée de vraie dentelle. Le missionnaire retint son souffle en la voyant sortir vers lui, et les visages durs des hommes s'adoucirent en la regardant.

L'évêque aux cheveux blancs se leva à sa rencontre et l'accueillit paternellement, et la femme qui gardait la halte suivit Hazel, s'essuyant à la hâte les mains avec son tablier et le jetant derrière elle en entrant. Elle avait préparé un dîner improvisé avec tous les matériaux à sa disposition, mais elle ne pouvait pas manquer la cérémonie si le café brûlait. Les mariages ne lui arrivaient pas tous les jours.

Dans l'embrasure de la porte, son visage impassible brillant à la lueur de nombreuses bougies, se tenait l'Indien du fort. Il avait suivi silencieusement le couple pour assister aux débats, sachant pertinemment que sa maîtresse du fort lui pardonnerait lorsqu'il lui annoncerait de ses nouvelles. Le missionnaire était très aimé – et il allait se marier !

Qu'auraient dit les quatre cents membres de son cercle new-yorkais s'ils avaient vu Hazel Radcliffe debout sereine, dans sa robe simple, avec ses cheveux dorés défaits, au milieu de cette compagnie hétéroclite d'hommes, avec seulement trois curieuses femmes salopes. en arrière-plan pour lui tenir compagnie, se livrant à un homme qui avait consacré sa vie à travailler dans le désert ? Mais le cœur heureux d'Hazel était sereinement inconscient de l'incongruité de son environnement, et elle répondit d'une voix claire lorsque l'évêque lui posait les questions : « Je le ferai ». Elle venait avec plaisir dans sa nouvelle maison.

C'était sa propre bague, celle qu'elle lui avait offerte, que John Brownleigh lui avait mise sur la main en signe de sa loyauté et de son amour pour elle, la bague qui, pendant une année entière, était restée près de son propre cœur et avait réconforté sa solitude parce qu'elle avait l'avait donné, et maintenant il le lui rendait parce qu'elle le lui avait donné elle-même.

Gracieusement, elle posa sa petite main blanche dans les mains rudes et maladroites des hommes qui venaient la féliciter, trébuchant à moitié sur leurs propres pieds, émerveillés et émerveillés par sa beauté. C'était pour eux comme si un ange du ciel était soudainement descendu et daignait parcourir leur chemin quotidien à la vue d'eux tous.

Elle avala gaiement le gâteau rassis et le café boueux que lui préparait la propriétaire sordide, et ensuite, tandis qu'on l'aidait à remettre sa robe d'équitation, elle lui remit de sa malle une petite robe de laine lilas que la femme admirait beaucoup. A partir de ce moment, la logeuse de la halte était une nouvelle créature. Les missions et les missionnaires n'avaient rien été pour elle au fil des années, mais elle y a cru pour toujours et a enfilé sa nouvelle robe lilas en signe de sa foi dans le christianisme. Ainsi Hazel gagna son premier converti, qui prouva ensuite sa fidélité au moment des grandes épreuves et montra que même une robe lilas peut être un instrument du bien.

Ils repartirent ensemble sous la lumière des étoiles, avec la bénédiction de l'évêque sur eux et les acclamations des hommes résonnant encore à leurs oreilles.

"J'aurais aimé que maman le sache", dit le marié en attirant sa fiancée dans ses bras et en la regardant nichée à ses côtés.

"Oh, je pense que oui!" dit Hazel en laissant tomber une tête reconnaissante et fatiguée contre son épaule. Alors le missionnaire se baissa et embrassa longuement et tendrement sa femme, et levant la tête et levant les yeux vers le ciel étoilé, il dit avec révérence :

"Oh, mon Père, je te remercie pour ce merveilleux cadeau. Rends-moi digne d'elle. Aide-la à ne jamais regretter d'être venue à moi."

Hazel glissa sa main dans la sienne libre, posa ses lèvres sur ses doigts et pria toute seule pour obtenir du bonheur. Ils partirent donc vers leur camp sous le ciel de Dieu.

Trois jours plus tard, un Indien en route vers le fort fit demi-tour avec un message pour Hazel : un télégramme. On y lisait :

"Je suis arrivé sain et sauf. J'ai épousé Burley une fois pour que je puisse m'occuper de lui. Rentre à la maison tout de suite. Burley dit de venir vivre avec nous. Réponds tout de suite. Je ne peux pas profiter de ma nouvelle maison en m'inquiétant pour toi.

" Votre respectueux,
" AMÉLIA ELLEN STOUT BURLEY. "

Avec des rires et des larmes, Hazel lut le télégramme dont le prix a dû coûter un pincement au cœur à la conscience frugale de la Nouvelle-Angleterre, et après un moment de réflexion, elle écrivit une réponse à renvoyer par le messager.

" CHÈRE AMELIA ELLEN : Amour et félicitations pour vous deux. J'étais mariée à John Brownleigh la nuit de votre départ. Venez nous voir quand votre mari ira mieux, et peut-être que nous vous rendrons visite quand nous viendrons dans l'Est. Je suis très heureuse. .

" HAZEL RADCLIFFE BROWNLEIGH . "

Quand la bonne Amelia Ellen a lu ce télégramme , elle a essuyé ses lunettes une seconde fois et l'a relu pour voir qu'elle n'avait commis aucune erreur, puis elle a posé ses mains usées par le travail sur ses hanches et a examiné Burley couché mais heureux avec un étonnement hébété. éjaculer :

"Pour l' amour de la terre ! Maintenant, l'avez-vous déjà fait ? Pour la terre ! Était-ce ce qu'elle faisait tout le temps ? Je pensais qu'elle était merveilleusement prête à partir et merveilleusement prête à rester, mais je n'ai jamais senti ce qui se passait. Ef Je l'aurais su , je suppose que je serais resté un autre jour. Pourquoi ne me l'a-t-elle pas dit, je me demande ! Eh bien, pour l'amour de la terre !"

Et Burley murmura avec contentement :

"Wal, je suis vraiment contente que tu ne l'aies jamais su , Amelia Ellen!"